AMORE IN CATENE

FIDANZAMENTO DEI MOLOTOV: LIBRO 2

ANNA ZAIRES

♠ MOZAIKA PUBLICATIONS ♠

Questo libro è un'opera di fantasia. Tutti i nomi, i personaggi, i luoghi e gli eventi narrati sono il frutto della fantasia dell'autrice o sono usati in maniera fittizia. Qualsiasi riferimento a persone reali, viventi o scomparse, luoghi o eventi è puramente casuale.

Copyright © 2024 Anna Zaires e Dima Zales
www.annazaires.com/book-series/italiano/

Traduzione italiana: Sabrina Scalvinoni

Tutti i diritti riservati.

La riproduzione e la distribuzione di qualsiasi parte di questo libro, in forma stampata o elettronica, è vietata, se non autorizzata, ad eccezione dell'utilizzo in una recensione.

Pubblicato da Mozaika Publications, stampato da Mozaika LLC.
www.mozaikallc.com

Cover di Alex McLaughlin

Fotografia di Regina Wamba
www.reginawamba.com

ISBN: 978-1-63142-932-3
Print ISBN: 978-1-63142-934-7

PROLOGO

ALEXEI

25 anni prima, Mosca

"... E fu allora che il giovane principe vide la bella principessa.'"

La mamma interrompe la lettura e io mi dimeno, a disagio, con il sedere dolorante per la cintura di papà. Lei mi lancia un'occhiata e si mette a sedere più dritta contro la pila di cuscini. Il suo vistoso pancione si sposta insieme a lei, grande come la torre del libro che sta leggendo.

È così grande che potrei entrarci perfino *io*, che ho già cinque anni, o il mio fratellino Ruslan, che ha solo tre anni.

"Vuoi che smetta di leggere, così puoi andare a giocare?" mi chiede piano la mamma mentre poso la mano su quell'enorme pancione, nella speranza di sentire la mia sorellina scalciare. Lo fa spesso ultimamente.

"No, continua" rispondo, accoccolandomi più vicino alla mamma. È 'a letto a riposo' da un'eternità, da quando la mia sorellina si è infilata nella sua pancia e l'ha fatta ammalare. Poiché io sono cresciuto, ricordo un tempo in cui le cose erano diverse, quando la mamma ci faceva il bagno e giocava con noi, ma Ruslan non se lo ricorda. Pensa che sia sempre stato così, che la mamma sia sempre stata un gigante immobile che ci bacia e ci legge i libri, fine della storia.

La mamma sorride e mi cinge con il suo morbido braccio mentre gira la pagina. "Va bene, tesoro, continuiamo." La sua voce assume la cadenza teatrale che adoro. "La principessa viveva in una torre circondata da draghi. Suo padre, il re, l'aveva rinchiusa lì dentro perché non era un uomo gentile. Non gli importava che la principessa non fosse felice a vivere lì tutta sola, così, quando il giovane principe venne a chiederla in sposa, il re rifiutò. Disse..."

"Perché rifiutò?" la interrompo. Non è la prima volta che glielo chiedo – la mamma mi ha letto questa storia molte volte – ma voglio sentire comunque la sua risposta. "E perché non era gentile?"

Quello che voglio sapere in realtà è se il re abbia usato la cintura per punire la principessa, come fa papà con me e Ruslan. Ma quella domanda potrebbe sconvolgere la mamma, e il medico ha detto che non bisogna provocarle turbamenti, altrimenti morirà. Ecco perché non le ho detto che papà mi ha punito oggi per aver rotto il vecchio vaso di porcellana cinese in salotto. Non le piace quando papà usa la cintura, e non gradisce quando mi comporto male. In realtà, stavolta non avevo colpe, ma non posso dirglielo senza che papà scopra la verità. È stato Ruslan a rompere il vaso, ma quando papà ce l'ha chiesto con la sua voce spaventosa, mio fratello ha iniziato a piangere, allora ho detto a papà che ero stato io.

Sono più grande e più forte, quindi la cintura non mi fa tanto male.

"Il re rifiutò perché pensava che il giovane principe non fosse all'altezza di sua figlia" risponde la mamma, dandomi la stessa risposta di sempre. "Per quanto riguarda il motivo per cui il re non era gentile, beh, tesoro… alcuni uomini non lo sono e basta. Sono nati così."

Come papà.

Vorrei dirlo, ma potrei turbare la mamma. Non le piace quando qualcuno dice qualcosa di male su di lui. Lo so perché ha licenziato Kristen, la nostra tata americana, per aver definito papà 'violento'. Non so cosa significhi, ma dev'essere qualcosa di negativo, perché alla mamma piaceva il fatto che Kristen ci insegnasse l'inglese. Adesso io e Ruslan non abbiamo nessuno con cui parlare l'inglese, tranne i miei soldatini giocattolo, e loro non lo sanno meglio di me.

"Pronto per continuare?" chiede la mamma. Annuisco con ansia.

Questa è la mia storia preferita, e anche se ne conosco a memoria ogni parola e ho imparato a leggerla da solo, mi piace la bravura con cui la racconta la mamma.

Con un sospiro, continua a leggere. "Disse: 'Non sei degno di mia figlia. Se vuoi davvero prenderla in moglie, devi prima uccidere ogni drago intorno alla torre.' Il re sapeva che il giovane principe non ne sarebbe stato capace. C'erano decine e decine di draghi…" Si interrompe di colpo, e la sento irrigidirsi.

Preoccupato, mi alzo a sedere per guardarla. "Mamma?"

Fa un respiro profondo ed espira lentamente. "Sto bene. È tutto okay. Vieni qui." Dà dei colpetti sulla coperta, e quando torno a rannicchiarmi contro di lei, prosegue. "C'erano decine e decine di draghi, ognuno più spaventoso dell'altro, e solo l'uomo più coraggioso e forte sarebbe stato in grado di combatterli… e perfino *lui*, alla fine, sarebbe stato sconfitto."

"Ma il giovane principe non fu sconfitto" replico, carico di eccitazione. So come andrà a finire la storia e mi fa venire voglia di mettermi a saltare sul letto. Ma non lo faccio. Il dottore ha detto che, se spintono troppo la mamma, morirà insieme alla mia sorellina.

La mamma si irrigidisce di nuovo, e quando parla, la sua voce sembra diversa. Tesa, come se avesse difficoltà ad andare in bagno. "No, non fu sconfitto. Impiegò molti anni, ma…" Con un gemito, tenta di raddrizzarsi contro i cuscini. "Tesoro, per favore, prendi… ahhh!"

Mi stacco da lei per fissarla. I suoi occhi sono ermeticamente chiusi e il suo volto è di un pallore verdognolo, contorto in una smorfia mentre lei si stringe il vistoso pancione. All'improvviso, mi sento come quando papà si arrabbia con me: in preda alla nausea e ai tremori.

"Mamma?" La mia voce diventa più acuta. "Mamma, stai per morire?"

Stringe i denti e apre gli occhi. La sua voce è ancora strana e tesa. "No, no, tesoro. Va' a chiamare papà, per favore. Penso che... Penso che sia arrivato il momento."

Mi muovo goffamente verso il bordo del letto, ma la coperta si aggroviglia intorno alle mie gambe, rallentandomi. La strattono, frustrato, e scopro parzialmente la mamma. La mia mano tocca qualcosa di bagnato. *Bleah. Si è fatta la pipì addosso.* Ma quando sollevo la mano, è di colore rosa e rosso. Rosso come il sangue. Salto giù dal letto, il cuore simile a una falena in un vaso, con le ali che sbattono e un senso di panico.

Papà. Devo andare a chiamare papà.

La mamma grida di nuovo, e io le lancio un'occhiata frenetica mentre mi precipito verso la porta. Si stringe ancora il ventre con una smorfia di dolore.

Non morire, mamma. Non morire, ti prego.

Corro fuori dalla camera da letto e nel corridoio, chiamando papà a squarciagola. I singhiozzi minacciano di prorompere dalla mia bocca, ma li ricaccio indietro perché papà mi punisce quando piango. Mi punisce anche quando entro nel suo ufficio senza bussare, quindi colpisco la porta chiusa con un pugno, ignorando le ondate di dolore nel braccio.

Riesco solo a pensare che la mamma potrebbe morire.

"Non adesso! Sono impegnato." La voce di papà è

aspra e seccata. Normalmente, basterebbe questo a spingermi ad allontanarmi per tornare da lui un'altra volta, ma non si può aspettare.

"È la mamma!" grido, bussando più forte. "Ha detto di chiamarti. Il suo letto è bagnato e rosso!"

La porta si apre verso l'interno così velocemente che perdo l'equilibrio e cado nella stanza. Nell'ufficio ci sono papà e una donna bionda che non conosco. È nuda e piegata sulla sua scrivania, la pelle pallida segnata da strisce rosa, come quelle che compaiono sul mio corpo quando lui usa la cintura.

Per un secondo, riesco solo a fissarla dal punto in cui sono caduto sul pavimento. Papà l'ha punita, è evidente, ma perché? Chi è? Perché è nuda? Lui usa la cintura su di me sopra i vestiti. E poi, perché i pantaloni di papà sono scomparsi?

Poi mi ricordo della mamma e il panico mi invade di nuovo. Balzo in piedi mentre papà borbotta una parolaccia e si sistema i pantaloni, poi mi oltrepassa con uno spintone e si precipita nel corridoio, fino alla camera da letto.

Lancio alla donna nuda un'altra occhiata fulminea – adesso si è alzata in piedi e ha la faccia tutta rossa – e seguo papà. Arrivo in camera proprio mentre solleva la mamma dal letto. Gli occhi di lei sono chiusi e si stringe il pancione con le mani, come temendo che possa cadere. Sul letto, altre coperte hanno assunto quel terribile colore rosso, così come la parte inferiore della sua camicia da notte bianca.

"Mamma?"

Mi risponde con un gemito. Ignorandomi, papà la porta fuori dalla camera, chiamando a gran voce il nostro autista.

Li rincorro. Il mio cuore batte di nuovo come quella falena e fatico a respirare mentre i singhiozzi si accumulano nella mia gola, soffocandomi.

Non piangere. A papà non piace quando piangi.

La mamma lancia uno strillo di agonia. Papà impreca e accelera il passo. Pochi secondi dopo, varca l'entrata principale, senza curarsi di indossare la giacca. Esco di corsa nel corridoio dietro di lui, ma sta già scomparendo nell'ascensore.

L'ultima cosa che vedo quando gli sportelli si chiudono è il volto grigio-verde della mamma, contorto per il dolore mentre continua a urlare.

———

La mamma non torna a casa stanotte. Nemmeno papà. Sono sdraiato nel mio letto a forma di auto da corsa e leggo più volte a me stesso la storia della principessa. Jeanette, la nuova tata francese, viene a controllarmi, ma prima che infili dentro la testa, spengo la lampada, tiro la coperta sopra la testa e fingo di dormire. Lei chiude piano la porta e si allontana in punta di piedi.

Non appena se n'è andata, riaccendo la lampada e riprendo la lettura. È la mia storia preferita perché, alla fine, il giovane principe uccide tutti i draghi.

Occorrono anni, ma vince la mano della bella principessa e, soprattutto, il suo amore.

Un giorno, incontrerò anch'io una bella principessa, e allora non mi fermerò finché non avrò ucciso ogni drago che ci tiene separati.

Mi addormento tra i singhiozzi, ma papà non mi vede, quindi non può punirmi. Il mattino dopo, Ruslan si arrampica sul mio letto e chiede della mamma, allora gli dico che è morta. So cos'è la morte perché, quando ero un po' più grande di Ruslan, papà mi ha portato in una fattoria e mi ha fatto uccidere un pollo. Gli ho tagliato la gola con un coltello mentre l'animale schiamazzava e sbatteva le ali per scappare. C'era un sacco di rosso ai tempi – sangue, come sul letto della mamma – e il pollo non si muoveva più. L'abbiamo cucinato e mangiato.

Non credo che papà cucinerà e mangerà la mamma, ma penso che adesso sia diventata come quel pollo, immobile e senza vita, il suo sangue raccolto in una pozza intorno a lei. Papà ha detto che poteva succedere quando la mia sorellina usciva dalla sua pancia, e prima che andassi a letto ieri, ho sentito Jeannette parlare con il cuoco dell'accaduto: un discorso sul distacco della placenta, su una grave emorragia durante un taglio cesareo di emergenza e sul fatto che la bambina doveva rimanere in ospedale fino a dopo il funerale.

Spiego tutto questo a Ruslan, che scoppia a piangere. Anch'io voglio piangere, ma deglutisco i singhiozzi brucianti che gorgogliano nella mia gola. Prendo il libro, lo apro alla prima pagina e inizio a leggere a mio fratello, cercando di assomigliare il più possibile alla mamma, anche se la mia voce continua a spezzarsi.

Ruslan alla fine smette di piangere e si addormenta, ma io continuo a leggere, le mie labbra si muovono senza parlare, dando forma a quelle parole familiari. Leggo finché la sensazione di soffocamento e il bruciore in gola non si dissolvono e le urla della mamma non smettono di riecheggiare nelle mie orecchie. Finché l'immagine di lei, immobile e senza vita come quel pollo, non viene sostituita dall'immagine del libro, dal disegno della bellissima principessa dai capelli neri.

Una principessa il cui amore, un giorno, vincerò a ogni costo.

CAPITOLO 1

ALINA

Per il secondo giorno di fila, mi sveglio alla luce del sole e al rumore delle onde dell'oceano. Ma stavolta so esattamente dove mi trovo: sullo yacht di Alexei, da qualche parte nel bel mezzo dell'oceano. Quale oceano, non lo so, ma adesso che la mia testa è più sgombra, posso azzardare un'ipotesi. La proprietà tra le montagne di mio fratello, dove Alexei è venuto a prelevarmi due giorni fa, si trova in Idaho, nella parte occidentale degli Stati Uniti, quindi, a meno che il mio rapitore non mi abbia caricata su un volo per trasportarmi da una parte all'altra del continente nordamericano mentre ero sotto effetto di droga, probabilmente è il Pacifico.

Guardinga, giro la testa. Sono sola nel letto, anche se sul cuscino accanto a me è rimasta l'impronta della testa di Alexei, e il suo odore persiste sulle lenzuola. Pino e un vago accenno di cuoio, sotto la sfumatura salata del mare e qualcosa che è esclusivamente maschile e tipico di lui.

Un profumo che adesso conosco molto bene.

Il calore si diffonde nel mio corpo mentre vengo invasa dai ricordi di ieri, e mi alzo a sedere di scatto, tenendo la coperta contro il mio petto nudo. Faccio subito una smorfia. A giudicare dalla parte interna delle cosce, mi sembra di aver tentato un esercizio di ginnastica a livello olimpico, e il mio ventre è decisamente dolorante. D'istinto, mi tocco la testa. I miei capelli sono ancora umidi dopo la doccia di ieri sera. Alexei non mi ha dato la possibilità di asciugarli prima di riportarmi a letto, dove mi ha abbracciata con il suo grande corpo muscoloso e si è messo subito a dormire, lasciandomi intenta a fissare intontita l'oscurità, troppo stanca per metabolizzare l'orrore delle sue intenzioni, ma troppo su di giri per addormentarmi.

Almeno, non mi ha scopata per la quarta volta ieri sera. Devo essere felice di questi piccoli atti di misericordia.

Con cautela, scendo dal letto, indosso una vestaglia e mi dirigo verso il bagno con passi felpati. Mi batte forte il cuore. Il torpore di ieri sera è svanito del tutto. Automaticamente, eseguo la mia routine mattutina – mi lavo i denti, mi asciugo i capelli, mi trucco – e per tutto il tempo, penso solo a quello che ha detto il mio rapitore ieri sera.

Un figlio. È quello che vuole da me. Un bambino per sostituire quello che mio fratello ha portato via alla sua famiglia: Slava, il bambino che Nikolai ha inavvertitamente generato con Ksenia, la sorella di Alexei, morta di recente. Ieri sera, Alexei mi ha scopata tre volte senza preservativo, e ha intenzione di rifarlo, finché non riuscirà a legarmi a sé con una catena più solida di qualsiasi contratto: un legame di sangue.

È un piano crudele, assolutamente machiavellico… proprio quello che avrei dovuto aspettarmi da un uomo come Alexei Leonov, che ha manipolato mio padre per orchestrare il nostro fidanzamento quando avevo appena quindici anni.

Questa è un'altra rivelazione di ieri sera. Alexei è stato il responsabile di quel contratto medievale, non i nostri genitori, come avevo pensato per tanti anni. Non era vittima dell'avidità dei nostri padri e della loro brama di un'alleanza definitiva, un ragazzo di diciannove anni che esaudiva semplicemente i desideri della sua famiglia. Oh, no. Era sempre stato lui la mente dietro a tutto questo, il burattinaio dietro le quinte. Se mio padre non avesse accettato il fidanzamento, Alexei mi avrebbe portata via dalla mia famiglia e tenuta rinchiusa come una principessa in una torre finché non fossi stata 'abbastanza grande'.

La sua ossessione per me va ben oltre tutto ciò che avevo immaginato, e senza dubbio vuole mantenere la parola data e costringermi a generare un figlio. Dopotutto, è la stessa persona che ha ucciso ogni uomo o ragazzo che abbia osato guardarmi.

Al termine della mia routine, il viso che mi guarda nello specchio è fresco e composto, con il trucco che nasconde gran parte dei segni rossi lasciati dalla barba di Alexei sulla mandibola e sul collo. Le mie labbra sono ancora gonfie per i suoi baci focosi, ma con il mio tipico rossetto rosso è come se un chirurgo esperto le avesse ritoccate con il filler.

Assomiglio di nuovo a me stessa, anche se il mio corpo sembra quello di un'estranea.

Mi aspetto quasi di trovare Alexei in camera ad aspettarmi come ieri, ma la stanza è deserta quando esco. Sentendomi incredibilmente grata, mi affretto a raggiungere l'armadio e mi vesto, scegliendo uno dei tanti abiti da cocktail firmati che mi ha procurato il mio rapitore. Ce ne sono anche altri più casual e comodi, pantaloncini corti, T-shirt, morbidi prendisole di cotone, ma non ho intenzione di stare comoda qui, con lui.

Completo il look con un paio di scarpe col tacco firmate, poi... non so cosa fare. Devo rimanere nella cabina ad aspettarlo? Oppure uscire e accelerare il nostro inevitabile confronto?

Il mio stomaco decide per me con un sonoro brontolio. Non so che ore sono, ma l'ultima volta che ho mangiato – solo pochi bocconi del sontuoso banchetto preparato per noi da Vika, la cuoca di Alexei – è stata ieri, molto prima del tramonto. Era l'ora di pranzo? Una cena anticipata? Non ne ho idea, ma il mio corpo è convinto di morire di fame. Mi sta già venendo il mal di testa, e la pressione in aumento mi schiaccia le tempie in una morsa familiare. Naturalmente, nel mio caso, è più probabile che sia dovuto allo stress piuttosto che alla fame, ma comunque una bella colazione non mi farà male.

Mentre esco dalla cabina e mi dirigo verso le scale, mi rendo conto che sto pensando al cibo per non soffermarmi sul dolore freddo e vacuo allo stomaco, quello che percepisco ogni volta che penso di essere legata per sempre ad Alexei.

No, non è la fame che scava le mie interiora.

È la paura.

La paura e il terrore, sovrapposti a una disperazione crescente.

Per un decennio, sono scappata dal mio destino nella speranza di evitarlo, ma mi ha raggiunta. *Lui* mi ha raggiunta... e non c'è più alcuna possibilità di fuga. Sono su una barca in mezzo all'oceano, con un mostro il cui obiettivo nella vita era quello di avermi... e adesso mi ha presa.

Smettila. Pensa al cibo. Solo al cibo.

La luce del sole mi acceca quando metto piede sul ponte. È una bella giornata, calda, con solo una lieve brezza. Dopo la tempesta di ieri, l'aria sembra più fresca e leggera e il cielo è tornato di un azzurro chiaro e brillante.

Sul ponte non c'è nessuno, sembra deserto. Sono sia delusa che felice. Il confronto per cui mi stavo preparando mentalmente è rinviato.

Mi brontola ancora lo stomaco in una richiesta di sostentamento, ma lo ignoro. Sono abbastanza sicura che la cucina sia nella prua della barca, ma non sono ancora pronta per andarci. Invece, raggiungo il parapetto e strizzo gli occhi per guardare in lontananza, cercando di capire se c'è qualcosa là fuori o se l'immaginazione mi sta giocando brutti scherzi.

Se dovessi scorgere almeno una striscia di terraferma, mi tufferei in acqua e al diavolo gli squali e il mio mediocre talento nel nuoto. Ma non c'è niente. Solo acqua blu, che si estende fino all'orizzonte. Qualsiasi cosa pensassi di aver visto, dev'essere stato solo il riflesso del sole sull'acqua. Tuttavia, resto accanto al parapetto, a fissare e a desiderare…

"Cosa cavolo pensi di fare?"

La voce profonda del mio rapitore è bassa e furiosa, le sue dita premono nella mia spalla per farmi girare verso di lui. La mia sorpresa è tale che la scarpa sinistra cede sotto di me, e per la seconda volta nella mia vita, Alexei Leonov mi impedisce di cadere – forse in mare, stavolta – afferrandomi per le braccia.

Con il respiro corto, alzo lo sguardo sul suo volto tempestoso, mentre un fuoco insidioso si accende nelle mie vene e si propaga nel mio ventre. Mi guarda in cagnesco, gli occhi quasi neri ridotti a fessure, e riesco a pensare solo a quello che mi ha fatto ieri, al sublime misto di dolore ed estasi che ha strappato più volte al mio corpo.

"Volevi buttarti?" chiede nello stesso tono aspro, la sua presa su di me dolorosamente ferrea, e mi rendo conto di cosa ha pensato nel vedermi… di cosa temeva.

Non è una paura del tutto infondata. Sei anni fa, in quei mesi bui dopo la morte dei miei genitori, mi sarei buttata anche senza avvistare la terraferma in lontananza.

Una vaga idea prende vita nella mia testa. Prima di poterci pensare su, sollevo il mento e chiedo freddamente: "E anche se fosse?"

Forse, solo forse, se pensasse che voglio suicidarmi...

"Allora ti chiuderò in cabina, o meglio ancora, ti incatenerò al mio letto."

I miei polmoni smettono di respirare.

Non sta bluffando.

Lo farà.

Se mi spingessi troppo oltre, mi priverebbe anche della poca libertà che mi rimane.

La sconfitta è amara sulla mia lingua mentre scendo con lo sguardo sul suo collo abbronzato e taurino, concentrandomi sulla parte di tatuaggio visibile sopra il girocollo della sua T-shirt nera. "Non volevo buttarmi" mormoro. "Non devi preoccuparti. Non ho intenzione di suicidarmi."

Non di proposito, almeno. *Nuoterei* per questo alla prima occasione, ma non mi butterò verso una morte certa per fuggire da lui.

La sua voce si ammorbidisce. "Alinyonok..." Libera le mie braccia per posare una mano sulla mia mandibola. Delicatamente, inclina il mio mento finché non incrocio di nuovo il suo sguardo. "Perché non concedere a tutto questo... a noi... una possibilità? Non voglio farti del male. Anzi, il contrario. Sei tutto ciò che ho voluto per tanto tempo... e anche tu mi vuoi, al di là di quello che racconti a te stessa. Smettila di combattere. Lascia che ti mostri quanto potrebbe essere bello il nostro rapporto. A meno che non sia questo che ti spaventa? Che sarà bello? Che capirai quanti anni abbiamo sprecato separati?"

Lo guardo, il cuore che martella dolorosamente contro la gabbia toracica. Quelle parole, pronunciate in tono sommesso e lusinghiero, seducono le mie orecchie, anche se sono pura follia... un'illusione di quelle peggiori.

Non sarà bello il nostro rapporto. Sarà un disastro, come il matrimonio dei miei genitori, come tutto ciò che riguarda la nostra relazione finora. Siamo tossici insieme. Basta guardare tutti i corpi che ci siamo lasciati alle spalle.

"Alinyonok, dolcezza..." La sua voce si intenerisce ancora di più e i suoi occhi scuri brillano di un ardore inquietante. "Sai che sto dicendo la verità."

Si china, e occorre ogni briciolo di forza di volontà in me per allontanare la sua mano e voltarmi di lato per evitare il suo bacio. Solo che non riesco a evitarlo del tutto. Le sue labbra, calde e morbide, mi sfiorano l'orecchio, suscitandomi brividi erotici lungo la schiena e facendomi venire la pelle d'oca sulle braccia nude, al punto che avvampo dappertutto.

Anche adesso, sapendo cosa intende fare, non posso impedire al mio corpo di reagire, di rispondere alla forza grezza e animalesca che ci unisce.

Con il cuore che batte forte e il viso in fiamme, arretro di un passo. E poi di un altro, e un altro ancora.

Me lo permette, la bocca tesa in quell'oscuro sorriso sardonico mentre guarda la mia ritirata con la pazienza di un predatore che sa che la preda non potrà scappare da nessuna parte.

Solo che io ho un posto dove andare. Mi giro e mi dirigo con decisione verso il punto in cui dovrebbe esserci la cucina. Girata di profilo, butto lì: "Ho bisogno di fare colazione."

Se c'è una cosa che so per certo, è che Alexei non ha intenzione di farmi morire di fame. Anche ieri, quando ero nuda tra le sue braccia, ha trattenuto il desiderio carnale abbastanza a lungo da sfamarmi. Oggi, è sessualmente sazio… o almeno dovrebbe esserlo, dopo tutte le volte che mi ha scopata ieri. Ma se mi ha detto la verità e non ha fatto sesso con nessun'altra dopo il nostro fidanzamento di dieci anni fa, forse quei tre amplessi erano solo un antipasto per lui.

Un brivido caldo mi corre sulla pelle al pensiero.

Lui mi raggiunge con lunghe falcate che seguono agilmente i miei passi più corti. "Facciamo colazione, senz'altro. Ma non so se irrompere nel territorio di Vika sia la strada giusta. Tende a difendere il suo territorio."

Smetto di camminare. "Eh?" A giudicare dal mio incontro con quella donna dai capelli scuri e di bassa statura, sembrava amichevole.

"La cucina di bordo è il suo spazio. Solo a Larson è permesso entrare."

Il tono di Alexei è serio, anche se i suoi occhi sono accesi di divertimento. Sono abbastanza certa che mi stia prendendo in giro, ma per sicurezza rispondo: "Okay, allora come faccio a procurarmi del cibo da queste parti?"

"Lo dici a me e ci penso io." Tira fuori il cellulare dalla tasca e compone rapidamente un SMS. Lo invia con un suono frusciante mentre fisso il dispositivo, e il mio battito cardiaco accelera.

Un telefono. Un modo per contattare il mondo esterno. Lui ne ha uno, ovviamente, e anche i suoi uomini. Significa che ci sono diversi dispositivi su questa barca, diverse possibilità per me di prenderne uno abbastanza a lungo da comunicare ai miei fratelli che...

Mi blocco di colpo. Comunicare cosa, esattamente? Che navigo in acque sconosciute su uno yacht senza nome? Anche con il team di hacker di Konstantin, queste informazioni non bastano per trovarmi. E poi, voglio essere trovata, almeno? Prima che Alexei mi trascinasse via nella notte, ho detto a Nikolai di non venire a cercarmi perché non volevo che fosse versato altro sangue per me... e parlavo sul serio. È ancora così, anche se le intenzioni di Alexei sono di gran lunga peggiori di quanto pensassi. Non voglio che i miei fratelli combattano, e tantomeno muoiano, per me. *O che uccidano Alexei.* Scaccio questo pensiero non appena viene a galla: non sono disposta ad analizzarlo in alcun modo. Non che ci sia molto da analizzare.

Non voglio che qualcuno muoia per me o uccida per me. Punto. Quindi non posso permettere ai miei fratelli di salvarmi... Soprattutto se significa che Alexei darà ancora la caccia al figlio di Nikolai. Infatti, adesso che sto pensando più lucidamente, mi rendo conto che non potrei scappare neanche se ne avessi l'occasione.

Due giorni fa, ho fatto un patto con Alexei, promettendogli di andare con lui e di onorare il nostro fidanzamento se avesse ritirato i suoi uomini e lasciato che Slava vivesse in pace con Nikolai e la sua nuova moglie. Non avevo molta scelta quando ho stretto quell'accordo, ma il punto è che ho dato la mia parola e le conseguenze per tornare indietro potrebbero essere terribili.

C'è solo un modo per andare avanti, solo un modo per prendere il controllo del mio destino.

Distolgo lo sguardo dal telefono di Alexei e incrocio i suoi occhi freddi e divertiti. "Allora" dico con calma, anche se mi si rivolta lo stomaco, "hai preparato tutto per il matrimonio? Vorrei che ci sposassimo oggi."

STOP AMANTE

CAPITOLO 2

ALEXEI

Il mio battito cardiaco accelera, e solo un decennio di esperienza nelle negoziazioni con i miei rivali spietati mi permette di nascondere lo shock. Vuole sposarmi? Adesso? Oggi?

Ma no. Mentre guardo in fondo ai suoi occhi di giada, leggo la verità.

La mia Alinyonok non ha deciso di cambiare idea e accettarmi. Al contrario, è una nuova strategia, un modo per ritrattare l'accordo rispettandolo su carta. Il matrimonio non significherà nulla per lei. Non appena ci saremo scambiati le promesse di matrimonio, cercherà un modo per fuggire.

Mi metto a ridere, un suono freddo e aspro perfino alle mie orecchie. Non c'è niente di divertente in questo, ma ridere è meglio dell'alternativa: afferrarla e usare la mia bocca per toglierle quel rossetto rosso sangue dalle labbra, prima di spingerla sul ponte in legno duro e scoparla proprio qui e subito, davanti agli occhi di tutti. Si opporrebbe, se lo facessi. E a me non importerebbe un accidente. Adesso che l'ho avuta e assaggiata, tutto quello che voglio è *di più*. Il suo sapore, il suo tocco, il suo dolce profumo di fiori d'arancio. La sua vagina stretta e bagnata intorno al mio cazzo, che lo stringe e lo munge negli spasimi del piacere.

Ho convissuto con questo desiderio per oltre un decennio, ma adesso è infinitamente più acuto, quasi insopportabile.

Di fronte alla mia risata, lei si ritrae con gli occhi che mandano lampi, poi solleva il mento con la sua tipica aria di sfida. A differenza di me, non è brava a nascondere le emozioni. Non con me, almeno. Agli altri, forse, Alina Molotova appare misteriosa e irraggiungibile, una principessa dell'alta società che esiste al di là della comprensione dei semplici mortali, ma io la leggo come un libro aperto. So quanto è fragile dietro quella bella e altezzosa corazza, quanto sono incostanti le sue emozioni.

Se me lo permettesse, la proteggerei da tutto e da tutti, inclusa se stessa. Ma prima, devo arrivare a lei, distruggere la sua illusione di non aver bisogno di nessuno. Perché è vero il contrario.

Ha bisogno di *me* e glielo farò capire, anche se ci vorrà un altro decennio.

"Oh, sì" rispondo, inarcando un sopracciglio. "Il matrimonio si farà subito dopo colazione."

Sbianca. È sottile il modo in cui la sua pelle di

porcellana diventa ancora più pallida e il suo esile collo si irrigidisce, ma io lo vedo, proprio come vedo tutto di lei. Vuole cogliermi alla sprovvista, ma ha scelto il modo sbagliato per farlo. La sposerò volentieri oggi, proprio qui, sullo yacht. Non abbiamo mai previsto per noi un matrimonio sfarzoso in società, considerando l'opinione che la sua famiglia ha della mia... e quanto mio padre desidererebbe una cerimonia in pompa magna.

Sarebbe il suo ultimo grido di gioia, la sua ultima possibilità di sfoggiare il nostro potere e la nostra ricchezza prima che il cancro che gli ha distrutto il pancreas lo divori completamente.

È un'occasione che sono felice di negargli.

"Subito dopo colazione?" chiede Alina con voce soffocata, e annuisco con un sorriso sardonico.

Non avevo intenzione di sposarla così in fretta, ma non significa che io non veda alcun vantaggio.

"Ci sono degli abiti bianchi nel tuo armadio" la informo mentre mi fissa, gli occhi simili a quelli di un gatto, pieni di un tumulto che non riesce a nascondere. "Puoi indossarne uno."

Le sfugge un verso di scherno e si ricompone un po'. "Mentre tu indosserai questi?" Indica i miei vestiti casual.

"Mi cambierò anch'io, non preoccuparti." Come lei, sullo yacht ho un armadio pieno di vestiti per ogni occasione.

"Non mi interessa cosa indosserai" replica

bruscamente. "E non voglio indossare un abito bianco. Il nostro non è quel tipo di matrimonio."

"Eh? E secondo te, che tipo di matrimonio sarebbe?" Accorcio la breve distanza tra noi e poso una mano sulla sua mandibola. "Eri vergine fino a ieri, quindi il bianco è un colore perfetto. Non trovi, bellezza?"

Un lieve rossore le ravviva le guance, tingendole di rosa mentre scaccia la mia mano. "Questo matrimonio è una farsa, e tu lo sai."

"Non lo so affatto."

"Beh, io sì." Fissandomi con aria di sfida, indietreggia. "Non indosserò niente di bianco. Un abito nero, forse."

"Accomodati pure."

La verità è che non mi importa niente del vestito. La preferisco com'era ieri sera: nuda e calda tra le mie braccia. Se fossimo da soli sulla barca, sarebbe rimasta proprio così, anche durante il matrimonio.

Mi giro per raggiungere il tavolo sotto la sporgenza del tetto, dove mi aspetto che Vika serva la colazione da un momento all'altro, quando Alina esclama: "Aspetta!"

La guardo, incuriosito dal suo ultimo stratagemma. In effetti, mi rivolge un'occhiata meditabonda. "*Potrei* indossare l'abito bianco…" Lascia la frase in sospeso.

Si parte. "In cambio di cosa?"

"Non voglio che mi tocchi per almeno una settimana."

Le sue parole sono pungenti come aghi, anche se in un certo senso me l'aspettavo. So, però, che non ne è realmente convinta. O almeno, il suo corpo non lo è. È attratta da me, lo è sempre stata; è la sua mente a mettere degli ostacoli sul nostro cammino.

"Non esiste, cazzo" replico e dico sul serio. Ho aspettato più di un decennio per averla, e adesso che è mia, non intendo sprecare nemmeno una notte.

Si morde il labbro. "Cinque giorni?"

"No."

"Tre?"

Adesso tocca a me usare un tono derisorio. "No."

Comincia a sembrare disperata. "Due? Per favore, mi sento davvero indolenzita."

Cazzo. Probabilmente lo è: non sono stato molto delicato ieri sera. Ho fatto del mio meglio per trattenermi, ma una volta dentro di lei, il rigido autocontrollo che avevo nutrito nel corso degli anni si è sbrogliato come un gomitolo.

"Un giorno" dico torvamente. "Non ti scoperò per oggi e basta." Comunque, le farò altre cose. Non trascorrerò la prima notte di nozze senza godere di lei in qualche modo.

Sembra combattuta, poi drizza le spalle e annuisce risolutamente. "Affare fatto. Indosserò un abito bianco, e tu terrai giù le mani."

La mia povera, dolce Alinyonok. Pensa di aver vinto questo round. Lascio che continui a pensarlo mentre raggiungiamo il tavolo insieme. Con un tempismo perfetto, Vika fa capolino dalla cucina di bordo spingendo un carrello, carico di ogni genere di piatto per la colazione possibile e immaginabile, anche se ho detto a Vika che al mattino Alina predilige semplici piatti russi come la *grechka* di grano saraceno tostato. La mia cuoca, evidentemente annoiata, vuole dare prova del suo talento.

Sposto la sedia ad Alina e lei si accomoda con grazia, infilando la gonna sotto le gambe con un movimento fluido. Il vestito che ha scelto stamattina è color verde smeraldo, in tinta con i suoi occhi. Sorretto da spalline spesse, è realizzato con un tessuto diafano e morbido, che nasconde il suo corpo snello ma mette in mostra le gambe lunghe e toniche e le spalle delicate, le quali hanno iniziato ad assumere un colorito rosato.

Prendo posto, tiro fuori il telefono e invio un SMS a Larson per chiedergli di portarci la crema solare. Nel frattempo, Vika dispone i piatti sul tavolo tra gli 'ooh' e gli 'aah' di Alina, che cerca palesemente di lusingare la mia cuoca.

"Non funzionerà, sai?" dico quando Vika riporta il carrello in cucina. "È molto leale a me e alla mia famiglia."

Alina è il ritratto dell'innocenza con gli occhi spalancati. "Non stavo…"

"Sì, invece." Nonostante le sue promesse, cerca ancora una via d'uscita, di fuga, e non ho intenzione di tollerarlo. Posando le mani ai lati del piatto, mi chino verso di lei e, sostenendo il suo sguardo, mormoro: "Per tua informazione, se tu dovessi riuscire a convincere qualcuno del mio staff, firmerai la sua condanna a morte."

La sua faccia impallidisce.

Mi appoggio contro lo schienale e cerco la teiera che Vika ha posizionato al centro del tavolo. Non voglio che il mio rapporto con Alina si basi solo su accordi e minacce, ma deve capire che il gioco è cambiato. Le ho dato tutto il tempo che poteva ottenere, troppo tempo. Avrei dovuto rivendicarla al suo diciottesimo compleanno, come pianificato all'inizio, ma stava male ed era così infelice la sera della festa che, contro i miei istinti, le avevo concesso altri sei mesi.

Sei mesi, poi diventati sette anni infernali.

No, non voglio costringerla a sottomettersi con le minacce, ma lo farò. Farò tutto il necessario per assicurarmi che non scappi via da me mai più.

"Tè?" le chiedo con calma, sollevando la teiera.

Annuisce in un movimento appena accennato, puntando lo sguardo sul piatto. Le riempio la tazza con il liquido fumante, prima di servirmi il caffè. Non aggiungo latte o zucchero, perché mi piace il caffè come a lei piace il tè: forte e nero, senza dolcificanti.

"Cosa vuoi mangiare?" Allargo le braccia per indicare la tavola imbandita. C'è di tutto: vari tipi di pesce affumicato, porridge, frutta, uova preparate all'americana, bacon e pancake.

Ignorando la mia domanda, Alina solleva una pentola di grechka e versa un mestolo di cereali marroni nella sua ciotola, prima di guarnirla con frutta e cospargere il tutto di miele.

Il suo atteggiamento mira senza dubbio a infastidirmi, invece mi diverte. La mia Alinyonok è così prevedibile, una vera creatura abitudinaria. Anche se abbiamo trascorso poco tempo insieme, conosco i suoi gusti quanto i miei. So quale marca di shampoo preferisce e come beve il tè, chi sono i suoi amici e quali sono i suoi film preferiti. Per anni, l'ho osservata e ho divorato i rapporti su di lei, sapendo che un giorno saremmo finiti esattamente dove siamo oggi: insieme, a condividere un pasto prima del nostro matrimonio.

Naturalmente, non sapevo che avrei dovuto scatenare un attacco armato nella proprietà di suo fratello per arrivare fin qui, ma beh, così è la vita.

Il corpo alto e magro di Larson compare nel mio campo visivo. Come al solito, indossa l'uniforme bianca e blu da capitano e ha il passo svelto e sicuro di chi ha trascorso la maggior parte della vita in mare. In gioventù, ha prestato servizio nella Marina degli Stati Uniti, ma il destino alla fine l'ha portato in Russia e al mio servizio.

"La crema solare che ha richiesto, signore" annuncia, consegnandomi il flacone. Si rivolge ad Alina e si tocca il cappello in segno di saluto. "Signorina Molotova, buongiorno."

Lei gli rivolge un sorriso educato. "Capitano Larson."

Il suo atteggiamento è molto più freddo con lui piuttosto che con Vika. Evidentemente, si è presa a cuore il mio avvertimento.

"Grazie" dico a Larson mentre apro il flacone e spremo una generosa quantità di crema solare nel palmo della mano. "A proposito, il nostro matrimonio avrà luogo stamattina, tra circa un'ora. Sarai tu a celebrarlo. Fa' quello che devi per prepararti."

Lui sgrana leggermente gli occhi, ma risponde senza esitazione: "Sarà un onore, signore."

Se ne va, e rivolgo la mia attenzione ad Alina.

"Ti stai prendendo una scottatura sulle spalle." Mi alzo e faccio il giro del tavolo. "Devi stare attenta qui. Il sole può essere brutale se la tua pelle non è abituata."

Mi guarda, meravigliata. "Ah, sto bene. Non…"

"Solleva i capelli. Non voglio sporcarli di crema solare."

"Posso cavarmela da sola."

"Solleva. I. Capelli."

Mi lancia un'occhiata ribelle, ma obbedisce, raccogliendo i folti capelli neri con entrambe le mani e tenendoli a pochi centimetri dal collo, mentre poso il flacone e mi spalmo la crema in modo uniforme sulle mani. Anche se sono passate poche ore da quando l'ho toccata dappertutto, il mio battito cardiaco accelera e ho un'erezione mentre metto le mani sulle sue spalle e sento la sua pelle calda e vellutata. Rimane seduta rigidamente mentre le spalmo la crema sulle spalle e in cima alla schiena, assicurandomi di coprire ogni centimetro. Quando la crema solare sulle mie mani è esaurita, ne spremo dell'altra e gliela applico sulle braccia e sul dorso delle mani.

Le sue mani belle ed eleganti, con lo smalto rosso e lucido sulle unghie. In confronto, le mie mani grandi e ruvide, abbronzate dal sole, sembrano le zampe di un animale.

"Basta così. È sufficiente" dice con voce soffocata mentre recupero il flacone, ma ignoro le sue obiezioni.

Quella pelle di porcellana non si scotterà in mia presenza.

La sua gola si muove per deglutire mentre spremo una piccola quantità di crema solare nel palmo e la spalmo delicatamente sul suo viso. "Così mi rovini il trucco" sussurra, guardandomi da sotto le ciglia incredibilmente lunghe mentre strofino con cura la crema intorno alle sue labbra piene, sulle quali ha abilmente applicato il rossetto rosso.

La sua è una critica, ma sorrido. Le sto *davvero* rovinando il trucco... e mi piace. Provo una soddisfazione perversa nel rovinare la sua perfezione, nell'intaccare l'artificio che copre la sua vera bellezza.

Forse dovrei struccarla del tutto. Non le piacerà, ma lo farò. Permetterle di andare in giro nuda sarà l'alternativa migliore.

Il suo è un vestito con la scollatura alta, quindi non lascia il seno scoperto... con mio rammarico. Le sue gambe, però... Mi accovaccio davanti a lei e le spalmo la crema sui piedi, girando intorno ai cinturini dei sandali col tacco alto prima di passare le mani sui muscoli affusolati dei polpacci e sulle graziose ossa delle ginocchia. All'inizio è rigida, ma quando sposto le mani sulle cosce, la sento tremare e rimanere senza fiato. Anch'io tengo ferme le mani a stento. Il desiderio mi annebbia il cervello e rende più rapidi i miei respiri, facendomelo venire duro fino a un livello doloroso.

La voglio. Voglio divaricarle quelle lunghe gambe setose e affondare la testa in mezzo, spingere Alina a gridare il mio nome mentre viene, poi piegarla sopra il tavolo e sentire il suo calore bagnato che mi stringe, accogliendomi nel suo corpo nel modo in cui un giorno mi accoglierà nella sua mente e nel suo cuore.

Ma no. Larson o Vika potrebbero uscire in qualsiasi momento, e poi lei ha fame. Quello che voglio farle – tranne scopare – dovrà aspettare dopo la colazione e il matrimonio.

Stringendo i denti, mi alzo e torno al mio posto, dove mi pulisco con cura le mani con un tovagliolo, cercando di non guardarla per non perdere il controllo.

Ci provo e fallisco. I miei occhi continuano a deviare verso di lei, osservando il modo in cui preme delicatamente le punte delle dita sotto gli occhi, probabilmente per controllare se il mascara sia sbavato per colpa mia. Non lo è – solo il fondotinta e qualsiasi altra roba lei si sia spalmata sulla pelle ne hanno sofferto – ma Alina sembra comunque a disagio. L'ho colta in contropiede, me ne rendo conto mentre la guardo darsi dei colpetti sul viso, nel tentativo di distribuire la crema solare in modo più uniforme sulle guance e sulla mandibola, per fonderla con i residui di trucco.

Alla mia Alinyonok non piace apparire imperfetta davanti a me – e probabilmente, davanti a nessuno.

Accantono quell'osservazione, aggiungendola al

mio arsenale di dettagli che la riguardano. È un arsenale incompleto, basato su un'osservazione da lontano piuttosto che sulla conoscenza diretta. Anche se sento di conoscerla e di capirla, la realtà è che abbiamo avuto pochissime interazioni personali nel corso degli anni.

In effetti, abbiamo trascorso più tempo insieme nelle ultime ventiquattr'ore piuttosto che negli undici anni precedenti.

Lei inizia a mangiare e io la imito, divorando tre uova e una porzione di branzino cileno affumicato con un contorno di cetrioli freschi. Quando ho finito, Alina ha mangiato solo un quarto di grechka. Mi servo un'altra tazza di caffè, poi lo sorseggio, osservandola, apprezzando la curva aggraziata della sua mano mentre si porta alla bocca ogni cucchiaiata di grano, la sua mandibola fine e definita che si contrae durante la masticazione, il fremito del suo collo flessuoso quando deglutisce. Prima di conoscerla, non sapevo che fosse possibile essere affascinato da una banalità come una persona che mangia, ma durante quella cena di undici anni fa nell'attico di suo padre, i miei occhi tornavano di continuo su di lei mentre piluccava il cibo, con il bel viso dall'espressione ribelle che da allora ho imparato a conoscere così bene.

Non aveva ancora compiuto quattordici anni quella sera, e io, un adulto di quasi diciannove anni, mi sono ritrovato ipnotizzato, completamente affascinato da lei.

Alza gli occhi dal piatto e, notando che la fisso, un

colorito rosato ricompare sul suo viso. Non distolgo lo sguardo. Perché curarsene? Sa cosa provo. Il modo in cui mi incanta, iniziato quella sera, è cresciuto fino a un'ossessione smodata nel corso degli anni, che ho rinunciato a combattere.

"Sai, non mi hai mai detto perché" dice, allontanando il piatto ancora mezzo pieno.

"Perché cosa?" le chiedo, guardandola da sopra il bordo della mia tazza.

La sua voce è tesa e un po' rauca. "Perché hai una fissazione per me."

"Dev'esserci per forza un motivo?"

Le sue ciglia si abbassano, velando i suoi occhi, brillanti come gemme. "Per una persona normale, sì. Tra meno di un'ora, vuoi che ci uniamo in matrimonio. Quindi voglio sapere perché. Perché io? Perché non una donna che ti vuole davvero?"

"Tu mi vuoi." Sollevo una mano quando sembra pronta a controbattere. "Può anche essere solo un desiderio fisico, per ora, ma crescerà e diventerà qualcosa di più."

Ne sono sicuro.

Spalanca gli occhi. "Sei un illuso. Pensi davvero che questo" – muove una mano sul tavolo tra noi – "si trasformerà in una specie di storia d'amore?"

"Perché no?"

Mi fissa, a bocca aperta, poi le sfugge una risata acuta e incredula. "Dici sul serio, vero? Pensi davvero di potermi costringere ad affezionarmi a te."

"Certo che posso." Poso la tazza e mi chino in

avanti, catturando il suo sguardo. "Passeremo il resto della nostra vita insieme, Alinyonok. Ti darò piacere ogni notte, e ogni giorno mi prenderò cura delle tue necessità. Ti riempirò con il mio seme, e alla fine darai alla luce nostro figlio. Forse più di uno. Saremo una famiglia, e col tempo ti affezionerai a me… perché non ti darò altra scelta. Non più." E mentre lei mi fissa, il volto pallido, aggiungo piano: "Opponiti quanto vuoi, dolcezza, ma non vincerai. Me ne accerterò io."

CAPITOLO 3

ALINA

Mi tremano ancora le mani mentre scorro la fila di vestiti appesi nella cabina armadio, in cerca di un abito bianco. Non sono più riuscita a mangiare nemmeno un boccone dopo la spietata dichiarazione di Alexei, il mio stomaco è tornato freddo e vuoto, le mie viscere sono aggrovigliate. Vorrei fumare un paio di spinelli, ma qui non c'è nulla per alleviare l'ansia che mi consuma.

Una notte. È tutto quello che otterrò con questo abito. Una notte senza essere toccata da lui.

Non è abbastanza. Neanche lontanamente. Quando Alexei si è voltato, dopo che mi sono rifiutata di indossare l'abito bianco, mi è venuto in mente di contare i giorni dopo le mie ultime mestruazioni. Non ricordo il giorno esatto in cui sono iniziate, solo che era a metà settimana – e non so per quanto tempo io sia rimasta priva di sensi mentre Alexei mi portava qui

– ma sono piuttosto sicura che mi sto avvicinando alla metà del ciclo.

Cioè il periodo più fertile di una donna.

Se avesse accettato di non toccarmi per una settimana, avrei potuto essere al sicuro, almeno per questo mese. Ma una sola notte non servirà a nulla. Devo trovare un modo per tenerlo lontano da me almeno per i prossimi giorni. Ma come? Ho così poca influenza sul mio rapitore. Poiché sembrava desiderare l'abito bianco, ho giocato quella carta al meglio delle mie possibilità. Adesso devo trovare qualcos'altro, qualcosa per cui lui sarebbe disposto a contrattare.

Ovviamente, col presupposto che io non sia già incinta.

"Hai bisogno di aiuto?"

La voce di Alexei mi fa sobbalzare. Con il cuore che batte forte, mi giro di scatto e incrocio il suo sguardo oscuro e divertito.

È sulla soglia della cabina armadio, con un avambraccio appoggiato allo stipite della porta sopra la sua testa. È già vestito per il matrimonio e ha sostituito la T-shirt e i jeans casual con uno smoking e un cravattino. Un'elegante giacca nera fascia il suo torace potente, accentuando la larghezza delle spalle, e la camicia bianca inamidata sottostante contrasta splendidamente con la sua carnagione olivastra e i suoi capelli neri.

Sembra al contempo intimidatorio e mozzafiato, e lo odio per questo... quasi quanto odio la reazione involontaria del mio corpo.

"Sembra che tu abbia problemi a trovare un abito" commenta con un sorriso tagliente, indicando con la testa la fila di vestiti appesi dietro di me. "Magari posso esserti utile?"

Digrigno i denti, ordinando al mio respiro di calmarsi. "No, grazie. Me la cavo da sola."

Come dimostrazione, mi giro e stacco da una gruccia il primo abito bianco che vedo: una tunica di lino a maniche lunghe.

Cazzo.

Ma chi ha stabilito che devo sembrare una vera sposa? Il nostro accordo prevedeva un vestito bianco, e questo è un vestito bianco. Uno di quelli che non indosserei neanche morta, tranne a bordo piscina sopra un bikini, ma comunque... Con un sorriso di trionfo, mi giro verso il mio fidanzato, la tunica tesa in avanti.

Di fronte all'espressione di Alexei, il mio sorriso svanisce.

"Non credo proprio." La sua voce è pericolosamente pacata. "Non intendo dare spiegazioni su quella roba ai nostri nipoti quando ci chiederanno di vedere le foto del nostro matrimonio."

Mi si avvicina, causandomi un tuffo al cuore, ma si ferma a mezzo metro da me. Si protende alle mie spalle e sceglie un abito da sera. Realizzato in spesso raso bianco, con fili argentati intrecciati verticalmente sul corpetto e lo scollo quadrato, è adatto sia a un matrimonio che a un'elegante cena di gala.

"Indosserai questo" dichiara, porgendomelo con decisione. "Altrimenti il nostro accordo salta."

Addio alla mia piccola vittoria. Digrignando i denti, riappendo la tunica e prendo quel vestito. Ho forse altra scelta? Ha lui tutte le carte in mano in questo gioco contorto, è lui a stabilire le mosse. Per quanto io voglia combatterlo su questo punto, non posso, non senza rinunciare al briciolo di terreno che ho guadagnato.

Dopotutto, una notte senza sesso è sempre meglio di niente.

Stringendomi il vestito al petto, inclino la testa all'indietro e incrocio il suo sguardo con l'espressione più altezzosa che riesco ad assumere. "Adesso puoi andare. Da qui in poi, ci penso io."

Anche se la mia voce è stabile, il mio cuore batte in modo irregolare. È troppo vicino a me, il suo corpo è troppo alto e muscoloso, la sua presenza troppo dominante nel piccolo spazio della cabina armadio. Sembra risucchiare tutta l'aria intorno a me, senza lasciarmi l'ossigeno per respirare. Ci provo comunque, costringendo i polmoni a riempirsi il più possibile, e il mio corpo prende fuoco come un pelucco in un camino. I ricordi di ieri si ripropongono nei dettagli nella mia mente mentre percepisco una lieve zaffata del suo profumo maschile, un misto stranamente attraente di pino, cuoio e oceano salato.

Per anni, quest'uomo ha perseguitato i miei incubi più oscuri e i miei sogni più erotici, eppure la mia immaginazione ha sottovalutato il suo magnetismo.

Alexei percepisce la mia debolezza. Dev'essere così, poiché socchiude gli occhi e la linea stretta delle sue labbra si trasforma in una curva sensuale e vagamente beffarda. "E se non volessi andarmene?"

Deglutisco, decisamente consapevole del calore umido che si accumula tra le mie gambe e del doloroso turgore dei miei capezzoli sotto il reggiseno. "Avevi promesso."

"Di non scoparti, sì." Ha una luce negli occhi. "Non ho mai detto di non guardarti."

Arretro di un passo, tremante. "Non voglio cambiarmi davanti a te."

"Perché no?" Fa scorrere lo sguardo su di me, e quando i suoi occhi incrociano di nuovo i miei, le sue iridi sono quasi nere. "Ho già visto tutto."

"Perché…" Mi spremo le meningi, disperata. "Porta sfortuna se lo sposo vede la sposa con l'abito prima del matrimonio."

È la motivazione più stupida di tutte, questa superstizione valida solo per le coppie con qualche speranza di vivere un bel matrimonio felice, ma non riesco a trovare di meglio. Non posso dirgli la verità… che prendo fuoco anche solo a stare qui in piedi, che se non mantenesse la parola data e mi toccasse, potrei andare in fiamme.

Sulle sue labbra ricompare la curva beffarda di prima. "Davvero, Alinyonok? Pensi che la 'fortuna' abbia un ruolo con noi due?"

"Sì." Questa è la mia scusa e ho intenzione di portarla avanti.

Inclina la testa. "Benissimo. Ti aspetto sul ponte."

Detto questo, se ne va, lasciandomi con un senso di sollievo… e stranamente, di delusione.

CAPITOLO 4

ALINA

Prolungo i preparativi il più possibile, truccandomi con precisione, sistemando l'acconciatura, scegliendo l'intimo perfetto per il vestito. Anche se nessuno lo vedrà, tranne me. Ho pensato di fare anche una seconda doccia, ma poi ho cambiato idea.

Se Alexei notasse che ho lavato via la crema solare, vorrebbe spalmarmela di nuovo addosso.

La mia pelle si surriscalda al ricordo delle sue mani grandi e forti che scorrono sulle mie spalle, e chiudo ermeticamente gli occhi, facendo respiri profondi finché il mio battito cardiaco non torna regolare.

È molto più che perverso questo desiderio contorto del contatto fisico con lui, quando sto cercando di evitarlo.

Alla fine, non posso più rimandare. Lo specchio mi dice che i miei sforzi sono stati ripagati. Nonostante la mancanza di un'aiutante esperta, ho l'aspetto di una vera sposa: elegante, trucco impeccabile e tutto il resto. Nella cabina armadio ho perfino trovato dei gioielli, in una scatola di legno finemente intagliata, perciò indosso un paio di orecchini di diamanti che completano l'elegante semplicità dell'abito bianco che Alexei ha scelto per me.

È ora di affrontare le conseguenze.

Mentre esco dalla cabina e mi dirigo verso le scale, mi ripeto che è quello che voglio, che sono stata io a spingere Alexei ad organizzare questo finto matrimonio. Sto prendendo il controllo del mio destino nell'unico modo possibile: affrontando l'inevitabile a testa alta. Una volta sposati, avrò mantenuto la mia parte dell'accordo e Slava vivrà al sicuro con Nikolai e Chloe, nel posto in cui deve stare. Solo allora, potrò pensare alla mia totale sicurezza e a qualche via di fuga.

Questo matrimonio è un trampolino di lancio per la mia libertà, non qualcosa da temere.

Mi ripeto tutto questo, eppure mi tremano le ginocchia mentre esco sul ponte e vedo Alexei in attesa sotto la sporgenza del tetto, con Larson e Vika al suo fianco. C'è anche un uomo alto, dai capelli scuri, che non avevo mai conosciuto prima. Nel vedermi, solleva una grossa macchina fotografica, appesa al collo, e scatta una foto.

Alexei è riuscito a far salire a bordo un fotografo professionista?

Ma no. Mentre mi avvicino, vedo che lo sconosciuto è probabilmente una guardia del corpo o un assassino prezzolato. Ha circa la stessa età di Alexei e una corporatura altrettanto muscolosa, oltre a uno sguardo duro e pericoloso che suggerisce una certa familiarità con la violenza. A differenza di Vika e Larson, che indossano ancora quelle che devono essere uniformi, lui porta un completo nero su misura con una camicia bianca inamidata e un'elegante cravatta nera. C'è anche qualcosa di familiare in lui, qualcosa nel suo sorriso sardonico e...

"Alina, ti presento Ruslan, il mio fratello minore" esordisce Alexei mentre mi fermo davanti a lui e allo sconosciuto. "Ruslan, ti presento Alina Molotova, la mia sposa."

Suo fratello? Riesco a stento a nascondere lo shock. Ovviamente, sapevo che Alexei aveva un fratello minore e ricordo vagamente di aver visto una foto di loro due insieme, qualche anno fa, ma non ho mai conosciuto Ruslan Leonov a nessun evento sociale. Come la sorella Ksenia, morta di recente, lui è sempre rimasto dietro le quinte, lasciando che Alexei e il padre fossero i rappresentanti pubblici della loro impresa familiare. In base alla sua reputazione, però, Ruslan non è innocuo come sua sorella, anzi, il contrario.

Cosa ci fa su questa barca? Perché Alexei non me l'ha presentato ieri?

"È un piacere conoscerti, finalmente" dice Ruslan, anche se la sua espressione esprime un pensiero diverso. Non c'è nemmeno l'ombra di un sorriso sul suo volto severo – un volto che, a un'ispezione più attenta, presenta una certa somiglianza con quello di

Alexei. Hanno lo stesso naso virile e la stessa mandibola scolpita, anche se gli occhi di Ruslan sono di un grigio tempestoso e non marrone scuro, e la sua pelle e i suoi capelli sono leggermente più chiari di quelli di suo fratello.

"Non posso dire lo stesso" rispondo, senza scomodarmi a sorridergli.

Senza dubbio, il fratello di Alexei sa che sono qui contro la mia volontà. Anzi, probabilmente ha aiutato Alexei a catturarmi.

Adesso Ruslan sorride, mostrando i denti. "Una vera Molotov, fino al midollo. Come ha fatto mio fratello ad essere così fortunato?"

"Ruslan." Il tono di Alexei è affilato come un rasoio. "Scatta quelle cazzo di foto e basta."

Il sorriso di Ruslan si allarga. "Come desideri, fratellone." Arretra di un passo e indica ad Alexei di avvicinarsi a me, poi solleva la macchina fotografica. "Dite 'cheese'."

Il flash si spegne prima che Alexei possa posizionarsi accanto a me. È seguito da altri due flash in rapida successione. Vika e Larson si allontanano con prudenza mentre Alexei finalmente mi raggiunge e mi attira a sé, cingendomi la vita con un braccio con fare possessivo. Un altro flash mi acceca. Sbatto le palpebre, e Alexei gira il mio viso verso di lui. Afferrandomi la mandibola con la sua grande mano, inclina il mio volto verso l'alto e si china, finché le nostre labbra non sono separate da pochi centimetri.

Flash.

Le labbra di Alexei, morbide e possessive, toccano le mie.

Flash. Flash.

Sono così sconcertata che reagisco a malapena quando Alexei rende il bacio più intenso, scivolando con la lingua sulle mie labbra serrate e premendo con la mano in fondo alla mia schiena per incollarmi a sé. La sua erezione preme contro il mio ventre, grossa e dura, facendomi trasalire e boccheggiare. D'istinto, sollevo le mani all'improvviso per afferrargli le spalle, e lui approfitta delle mie labbra aperte per invadere la mia bocca con la lingua. Sa di dentifricio alla menta e di brama maschile a malapena contenuta, come in ogni mia fantasia contorta, e nonostante il pubblico presente, un calore familiare mi corre lungo la schiena, un desiderio insidioso che si riversa nel profondo del mio ventre. Dimentico il matrimonio imminente e i lampi accecanti che scorgo con la coda dell'occhio, l'aperta ostilità di Ruslan e i terrificanti piani di Alexei per me.

Dimentico tutto mentre cingo il collo del mio rapitore e lo bacio con la stessa brama, a stento frenata.

Solo quando Alexei si stacca con il respiro ansante, mentre mi fissa con uno sguardo oscuro e ardente, sento qualcuno che applaude ritmicamente. Sbattendo le palpebre, mi giro e vedo Ruslan che applaude in modo beffardo, la macchina fotografica ancora appesa al collo.

Arrossisco, più che imbarazzata, e spingo contro il petto di Alexei per arretrare. Alexei non me lo permette. Invece, mi afferra i fianchi con entrambe le mani, mi tiene ferma e si gira per lanciare al fratello un'occhiata letale.

Ruslan smette di applaudire e solleva di nuovo la macchina fotografica.

Flash.

Flash.

Flash.

"Sorridi" ordina piano Alexei, chinando la testa per avvicinare le labbra al mio orecchio, e costringo gli angoli della mia bocca a piegarsi verso l'alto, anche se il calore dentro di me si raffredda e scompare.

È tutta una farsa, una canzonatura di quello che dovrebbe essere un matrimonio. Non mi stupisce il fatto che Ruslan mi odi. Se tiene ad Alexei, non può desiderare una cosa simile per lui. Non posso essere *io* ciò che desidera per Alexei: una sposa che odia il suo sposo, una donna che ha dovuto essere rubata alla sua famiglia.

Tutto questo è sbagliato. È una situazione incasinata, per me *e* per Alexei.

Per un secondo, provo una bizzarra punta di compassione per il mio rapitore, ma poi ricordo che lui *è* il mio rapitore. È stato Alexei a orchestrare tutto. Non dovevamo finire qui: è stato lui a far sì che accadesse. Fin dall'inizio: il fidanzamento quando avevo quindici anni, gli anni successivi in cui mi ha perseguitata, l'attacco alla proprietà di Nikolai, e adesso il matrimonio farsa. Presto mi costringerà anche a generare un figlio e saremo una famiglia incasinata. Il nostro matrimonio è condannato fin dall'inizio.

Saremo come i miei genitori, ma di gran lunga peggiori. Almeno, loro all'inizio si amavano.

Flash. Flash. Flash.

Il mio respiro accelera, il battito cardiaco mi rimbomba nelle orecchie. Alexei mi guida verso il parapetto e Ruslan ci scatta altre foto, con l'oceano senza fine come sfondo. Poi Ruslan consegna la macchina fotografica a Larson e si posiziona accanto al fratello, così siamo in tre.

Flash. Flash.

Ho iniziato a sudare, e nonostante il sole caldo nel cielo, è un sudore freddo e umidiccio. Non c'è abbastanza ossigeno intorno a me, e al di là della rapidità con cui lavorano i miei polmoni, non riesco a fare un respiro completo. Qualcuno dice qualcosa, ma le parole sono distorte, come se provenissero da un tunnel, e Alexei mi fa girare verso di lui.

Flash.

Vedo dei puntini neri e il volto di Alexei, adombrato da qualche emozione, galleggia davanti ai miei occhi. Le mie ginocchia diventano come gelatina. Mi aggrappo ai suoi bicipiti mentre lui mi afferra per le braccia, gridando con urgenza qualcosa che non riesco a sentire con il forte battito nelle mie orecchie.

Sto per svenire, me ne rendo conto con un lontano senso di shock, poi tutto diventa nero.

CAPITOLO 5

ALEXEI

Con il battito cardiaco alle stelle, afferro Alina mentre si affloscia contro di me. Il suo corpo diventa molle tra le mie mani.

"Che cavolo? È appena svenuta addosso a te?"

Ignoro le domande incredule di Ruslan mentre prendo in braccio la mia sposa, tenendola contro il petto, e la porto rapidamente sotto il ponte, lontano dal sole ardente. È come una bambola di pezza, floscia come quando l'ho drogata. La paura e la preoccupazione mi attanagliano il petto, mentre la mia mente lavora freneticamente per analizzare le possibilità.

È stato un colpo di calore? Un effetto collaterale tardivo della droga che le ho dato due giorni fa? Oppure, cavolo, potrebbe avere qualche malattia?

Avrei dovuto portare con me un medico, non quello stronzo di mio fratello.

Mi dirigo verso la nostra cabina con lunghe falcate

e Ruslan si affretta a seguirmi, imitato da Vika. Larson è già andato via, forse per prendere il kit di pronto soccorso.

"Poveretta. Sarà un abbassamento del glucosio nel sangue" commenta Vika, mentre adagio con cura Alina sul letto. La mia preoccupazione va alle stelle notando il pallore della sua pelle sotto il trucco. "Ha mangiato pochissimo stamattina, e ieri voi due avete solo pranzato."

Davvero?

Cazzo, Vika ha ragione. Alina non ha consumato nemmeno metà della grechka stamattina, e ha mangiato solo qualche boccone di cibo ieri nel primo pomeriggio. Prima di questo, era rimasta priva di sensi per più di un giorno, e chissà quando aveva mangiato l'ultima volta, prima che la catturassi.

Ora che ci penso, non ricordo che Alina abbia bevuto molto nelle ultime ventiquattr'ore.

"Stai dicendo quindi che mio fratello stava facendo morire di fame la sua sposa dopo averla rapita?" cantilena Ruslan. "Come una specie di cattivo da romanzo."

Mi trattengo dal dargli un pugno all'improvviso. Se non fosse per le condizioni di Alina, lo farei. "Chiudi quella cazzo di bocca" ringhio, prima di rivolgermi a Vika. "Portami un po' d'acqua, o ancora meglio, un succo."

Lei annuisce e si allontana di fretta, mentre Larson compare con il kit di pronto soccorso e una serie di asciugamani.

"Dobbiamo rinfrescarla" afferma, avvicinandosi al letto. "Nel caso in cui abbia avuto un colpo di calore."

"Lascia fare a me." Gli tolgo di mano gli asciugamani freddi e bagnati e li poso sul petto, sul collo e sulle braccia di Alina.

Stamattina la temperatura è mite e ci sono ventotto gradi, ma al sole c'è qualche grado in più. Penso che la teoria di Vika abbia più senso, ma non posso escludere un colpo di calore. O un effetto collaterale della droga. O una malattia. O una combinazione di tutte le ipotesi precedenti.

Perché cazzo non ho pensato di portare un medico?

Imprecando sottovoce, rimuovo gli asciugamani dal corpo di Alina e accendo il ventilatore a soffitto, lasciando che il movimento dell'aria asciughi l'umidità sulla sua pelle, scacciando il calore in eccesso. Poi premo le labbra sulla sua fronte liscia. Non sembra troppo calda, grazie al cielo, quindi si sta già raffreddando, oppure non è un colpo di calore.

Percependo il contatto fisico con me, le lunghe ciglia di Alina fremono e si sollevano. I suoi occhi di giada sono storditi e vacui. Poi sbatte le palpebre un paio di volte e il suo sguardo torna cosciente.

La stretta al mio petto si allenta leggermente. "Sei svenuta mentre facevamo le foto" la informo, rispondendo alla sua domanda implicita. "Cos'è successo? Non stai bene?"

Alina sbatte le palpebre e solleva una mano, premendone il dorso sulla fronte. "Non... non ne sono sicura."

"Succo d'arancia appena spremuto" dice Vika, che compare accanto a me con un bicchiere alto e stretto e una cannuccia. "Beva questo. La aiuterà."

Prendo un paio di cuscini, sui quali Alina può appoggiarsi mentre Vika le avvicina la cannuccia alle labbra. Obbediente, Alina beve qualche sorso, poi, con mio grande sollievo, tracanna tutto il bicchiere. Quasi subito, un lieve colorito ricompare sul suo volto e il suo sguardo diventa ancora più lucido.

"Meglio?" chiedo, e lei annuisce, spostandosi verso l'alto in posizione seduta.

Flash.

Lei sussulta e io mi giro di scatto verso mio fratello a denti stretti.

Ruslan mi rivolge un'occhiata angelica. "Cosa? Volevi delle foto per i posteri, giusto?"

Quello che voglio è dargli un pugno in faccia. Più volte. Finché non sentirò la cartilagine del suo naso che si rompe. E lo farò quando Alina non sarà presente per assistere alla scena. Per adesso, mantenendo un tono neutrale e indicando la porta con il pollice, ordino: "Fuori. Subito."

Fa un inchino beffardo e se ne va. Interpretando correttamente il mio umore, Vika e Larson si affrettano a seguirlo, lasciandomi solo con la mia sposa.

Mi siedo sul bordo del letto e stringo la sua mano con le mie. La sua pelle è fredda al tatto, la sua mano è delicata e fragile nella mia presa. "Come stai?" le chiedo piano, sostenendo il suo sguardo. "Nausea? Vertigini? Mal di testa?"

Le sue ciglia si abbassano, velando gli occhi. "Non... non credo."

"Ti fa male qualcosa?"

"No." Ritrae la mano, evitando ancora il mio sguardo. "Andiamo avanti con il matrimonio."

Fa per alzarsi, ma io la prendo per le spalle e la spingo di nuovo contro i cuscini.

"Il matrimonio aspetterà." La mia voce è più aspra di quanto non volessi, ma non posso farci niente. La preoccupazione è un dolore che mi rode il petto. Se ho fatto qualcosa per ferirla, per farle del male... Con un certo sforzo, assumo un tono piatto. "Devi mangiare. Devi bere. Dopo, vedremo per il matrimonio."

Nonostante il mio desiderio di possederla completamente, voglio soprattutto che sia sana e che stia bene.

"Sto bene" replica, sollevando il mento in quel suo modo testardo. "Voglio che il matrimonio si faccia *adesso*."

Inclino la testa, studiandola. "Davvero?"

I suoi occhi sono di una tonalità di verde più accesa. "Beh, ovviamente no. Voglio sposarti tanto quanto vorrei andare a nuotare con un branco di squali. Ma se proprio sono costretta, allora preferisco farlo e basta."

Digrigno i denti e ricordo che non sta bene, che non posso strapparle questo bel vestito e dimostrarle che è una bugiarda e finge di non volere né me né questo matrimonio. Dentro di sé, sa di appartenermi, ma comunque si ostina a opporsi e a resistermi.

Devo ricorrere a tutta la mia forza di volontà per assumere un'espressione impassibile e affermare in tono freddo e inespressivo: "In questo caso, devi mangiare e bere. Poi, se deciderò che stai abbastanza bene, procederemo con il matrimonio."

Mi alzo ed esco dalla cabina.

CAPITOLO 6

ALINA

Espiro, abbandonando la testa sui cuscini mentre la porta della cabina si chiude alle spalle di Alexei. La verità è che mi sento ancora un po' tremante. Il mio cuore corre troppo veloce. D'altro canto, forse è dovuto alla sua vicinanza e non al mio svenimento in pieno stile vittoriano.

Chiudo gli occhi e faccio qualche respiro profondo. Non so perché io sia svenuta, ma il succo d'arancia mi ha fatta sentire meglio, quindi forse Alexei ha ragione. Forse ho bisogno di cibo e acqua.

E di non pensare ai miei genitori e al fatto che stiamo andando nella stessa direzione.

Scaccio quel pensiero non appena si ripresenta, ma è troppo tardi. Il mio battito cardiaco accelera ulteriormente e i miei polmoni si serrano in un altro attacco di panico.

Cazzo. Forse non è perché ho mangiato poco.

Mi concentro per fare brevi respiri regolari e non

pensare a niente. Quando non funziona, penso a Slava e a quanto sia felice con Nikolai e Chloe. Ricordo a me stessa che il matrimonio con Alexei garantirà la sua felicità e la sua sicurezza, e il panico pian piano si ritira, lasciandosi dietro una triste decisione.

Sposerò Alexei.

Oggi.

Il prima possibile.

Allora, e solo allora, mi preoccuperò di tutto il resto.

La porta della cabina si apre e Alexei entra con un vassoio che Vika deve aver preparato per lui. Il cibo è semplice: un toast imburrato, accompagnato da gelatina, un altro bicchiere di succo d'arancia e due uova sode.

"Devi mangiare tutto" ordina Alexei e con espressione implacabile posiziona il vassoio sulle mie gambe e si siede sul bordo del letto. "Voglio vederti mangiare anche le briciole, chiaro?"

Alzo gli occhi al cielo. "Sì, padrone. Ho sentito e obbedisco, padrone."

Gli angoli della bocca di Alexei hanno un fremito. "Ah-ah." Prende il toast e spalma la gelatina su un angolo del pane. "Apri la bocca."

Obbediente, addento il pane dolce e croccante. Subito dopo, mi viene l'acquolina in bocca e ne voglio di più. Non mangio mai cibi così dolci, ma in questo momento è proprio quello che ci vuole.

"Brava" mormora Alexei, guardandomi intensamente mentre deglutisco.

Arrossendo, faccio per togliergli di mano il toast, ma lui non me lo dà, tenendolo invece fuori dalla mia portata e spalmando la gelatina su un altro angolo, prima di avvicinarlo alla mia bocca. Nei suoi occhi brilla una luce oscura mentre aspetta di vedere cosa farò, e mi stupisco quando addento il toast mentre lo tiene in mano, come un animale domestico che viene nutrito dal proprietario.

"Così. Bravissima" mormora, e le mie guance ardono ancora di più quando ripete il gesto con il toast ricoperto di gelatina.

Dovrei protestare. Dovrei rubargli il pane di mano e mangiare come un'adulta, conscia dei propri movimenti. Ma non lo faccio. Qualcosa in questa situazione – il modo in cui mi guarda, come mi loda per ogni morso – lenisce il panico dentro di me, calmando le tragiche voci nella mia mente. Mangio tutto il toast, imboccata da lui, e all'ultimo morso le mie labbra gli sfiorano le dita ed è... sensuale. Formicolii di consapevolezza danzano sulla mia pelle, e i suoi occhi si socchiudono mentre prende un uovo sodo e me lo avvicina alla bocca.

Stiamo facendo un gioco pericoloso, lo so, ma non riesco a smettere. Sostenendo il suo sguardo, addento il cibo, senza sentirne più il sapore mentre la tensione surriscalda l'aria tra noi. I suoi occhi si adombrano sempre di più, il suo respiro accelera, e il mio corpo risponde con un'ondata di desiderio, i miei capezzoli si inturgidiscono sotto il corpetto aderente del vestito, i miei muscoli interni si contraggono su un dolore vuoto. Ancora una volta, non c'è abbastanza ossigeno, ma ho delle vertigini che non c'entrano affatto con lo svenimento. Invece, mi sento come bloccata in un sogno vivido, in una realtà alternativa in cui ci siamo solo noi due e nient'altro è importante.

"La mia dolce Alinyonok..." La sua voce diventa rauca e vellutata mentre gli lecco le dita nel tentativo di finire il primo uovo. "Così brava e preziosa."

Dovrei sentirmi imbarazzata per il mio comportamento. Dovrei smetterla, rimproverarlo. Ma gli permetto di darmi da mangiare il secondo uovo, anche se sono piena, e mentre mi avvicina alle labbra il bicchiere di succo d'arancia, succhio il liquido acidulo con la cannuccia, seguendo le istruzioni che ha mormorato.

Dopo l'ultimo sorso di succo, Alexei posa il bicchiere vuoto sul comodino e sposta il vassoio dalle mie gambe per metterlo sul pavimento. Poi, prendendomi il mento con una delle sue grandi mani, preme le labbra sulle mie.

Il bacio è leggero come una piuma, dura solo un istante, eppure, quando si allontana, provo un formicolio dappertutto e il mio battito cardiaco è irregolare.

"Adesso sei pronta" mormora, studiando il mio viso – che, a giudicare dal calore che pulsava sotto la mia pelle, avrà assunto un colorito rosa molto sano. Si china in avanti per infilare un braccio sotto le mie ginocchia e l'altro dietro la mia schiena e, ignorandomi quando gli dico che riesco a camminare anche da sola, mi solleva dal letto con la facilità di qualcuno che sta trasportando una bambina piccola.

Imbarazzata, nascondo il viso contro il suo collo mentre mi porta fuori dalla cabina e sale le scale fino al ponte, dove Ruslan aspetta sotto il tetto con la macchina fotografica. Scatta qualche foto con me tra le braccia di Alexei, e poi altre ancora quando Alexei mi rimette in piedi, stringendomi però con attenzione per le spalle, forse per non farmi perdere l'equilibrio in caso di vertigini.

"Tutto okay?" mi domanda gentilmente, guardandomi. Annuisco. All'improvviso, sono troppo esausta per lottare. Non so se sia per lo svenimento o per quello strano momento tra noi in cabina, ma mi sento sfiancata, vuota in un modo stranamente catartico.

Mentre guardo gli occhi oscuri e magnetici dell'uomo che sto per sposare, la paura e l'ansia che mi hanno tormentata per tanto tempo sembrano… distanti. Non sono sparite, ma nemmeno così vivide. O forse sono io a non essere del tutto presente, ancora catturata da quella condizione onirica in cui Alexei e il nostro futuro insieme non sono qualcosa da temere.

Lieto di non vedermi svenire di nuovo, il mio futuro marito molla la presa e mi stringe la mano destra in una presa calda e possessiva. "Allora procediamo."

Guarda davanti a sé e io lo imito, notando per la prima volta che Larson è già qui, davanti a noi. Con la coda dell'occhio, vedo anche Vika avvicinarsi. Una musica soffusa inizia a suonare da qualche parte, forse grazie agli altoparlanti incorporati nelle pareti, e altri flash scattano mentre Ruslan gira intorno a noi, come uno squalo che brandisce la macchina fotografica.

Larson inizia a parlare e le sue parole arrivano alle mie orecchie, ma non le elaboro sul serio. Si fondono invece con il rumore delle onde che si infrangono contro lo scafo e con la sensazione della brezza calda e salata sul mio viso.

"Sì, lo voglio" dico al momento giusto, poi tocca ad Alexei.

"Sì, lo voglio" dichiara con fermezza.

Facendomi girare verso di lui, infila una mano nella tasca interna della giacca e tira fuori una piccola scatola di velluto, che apre per rivelare due fedi nuziali: un delicato cerchio di platino con diamanti e una fascia di platino più grossa, senza pietre preziose. Sono bellissime, anche se si tratta di altri due anelli della catena con cui mi sta legando a lui. Mentre le osservo, ricordo l'anello di fidanzamento che mi ha regalato al mio diciottesimo compleanno. Non l'ho più indossato da quella sera, ma l'ho ancora nella mia casa di Mosca, nascosto in una cassaforte del mio attico. Per qualche ragione, non me ne sono mai sbarazzata.

Questa fede nuziale è il complemento perfetto.

Il mio cuore manca un battito, e alcune delle sensazioni oniriche svaniscono mentre la mia ansia riemerge, ma è troppo tardi. Alexei mi mette l'anello di diamante al dito e posa la fede di platino nel palmo della mia mano, affinché io possa fare lo stesso.

Armeggio con la fede, le dita insolitamente goffe, e lui mi aiuta con un sorriso sardonico.

Finalmente, abbiamo finito.

"Può baciare la sposa" annuncia Larson, e Alexei mi prende il viso tra le mani per rivendicare le mie labbra in un bacio profondo e famelico, che non lascia dubbi sul fatto che adesso appartengo a lui, che sono una sua proprietà, nel bene e nel male.

CAPITOLO 7

ALEXEI

"Complimenti, fratellone" dice Ruslan quando Alina si scusa per andare in bagno, subito dopo la cerimonia, e Larson e Vika tornano ai loro doveri. "Adesso hai tutto quello che hai sempre voluto."

"Non tutto. Non ancora." Seguo Alina con lo sguardo finché non scompare sotto il ponte. Mi è venuto duro dopo il bacio e provo una stretta al petto per la preoccupazione. Forse sarei dovuto andare con lei per assicurarmi che non perda i sensi di nuovo. In ogni caso, durante la cerimonia sembrava stare bene. Comunque, dovrei andare a dare un'occhiata nel caso in cui...

"Vuoi rilassarti? Sta bene" dice Ruslan, posizionandosi davanti a me. "Ha avuto un piccolo attacco di panico. Quale donna non l'avrebbe nei suoi panni? Rapita con la violenza, drogata, costretta a sposare un uomo che odia..."

Il mio pugno cozza contro la sua mandibola, chiudendogli la bocca una volta per tutte. Lui barcolla, con un sorriso che rivela i denti sporchi di sangue. "È da tutta la mattina che aspetti questo momento, vero?" Sputa oltre il parapetto, nell'acqua sottostante. "Cosa direbbe la tua nuova moglie se ti vedesse?"

"Vaffanculo." Se non fosse per Alina, non mi fermerei a un pugno solo, e lui lo sa. Quando ci irritiamo a vicenda in questo modo, non si sprecano i colpi. Ma oggi non è in programma una vera rissa, a meno che Ruslan non voglia che mia moglie veda che sono davvero un uomo selvaggio e violento.

Mia moglie. Assaporo quelle parole nella mia mente, anche se la rabbia per mio fratello ribolle dentro di me. È stato contrario al mio fidanzamento con Alina fin dall'inizio – non che io abbia mai chiesto la sua opinione.

Per fortuna, sembra capire che la mia pazienza ha un limite. "Papà ha inviato un messaggio pochi minuti fa" mi informa con espressione seria. "Vuole parlarti."

Un cupo sorriso si allarga sul mio volto. "Digli che sono impegnato col mio matrimonio."

"Volentieri." Il sorriso di Ruslan rispecchia il mio. Su questo, siamo sulla stessa lunghezza d'onda. "Inoltre, ho sentito Lykov. I Molotov stanno facendo un gran casino. Due dei nostri magazzini vicino a Mosca sono già stati saccheggiati e c'è stato un attacco hacker alla nostra filiale in Kazakistan."

Come previsto. "Di' a Lykov che è autorizzato a spendere tutto il denaro necessario per aumentare la sicurezza nelle nostre sedi. Ci daranno la caccia in ogni modo possibile."

I fratelli di Alina non se ne staranno con le mani in mano dopo l'attacco alla proprietà di Nikolai e la cattura di Alina. Lo sapevo fin dall'inizio. Quello che ho fatto è l'equivalente di una dichiarazione di guerra, e ci stiamo avviando verso un bagno di sangue.

"Se ne sta già occupando" afferma Ruslan. "E poi, tra un paio di giorni ci metteremo in contatto con il sottomarino."

"Bene."

Significa che Ruslan finalmente tornerà a casa per prendere il comando in mia assenza. Ha insistito per aiutarmi con l'operazione in Idaho, ma ormai è conclusa. Come il matrimonio. Non ha più alcun motivo per stare qui, e uno di noi dev'essere a Mosca, a supervisionare i nostri affari – soprattutto date le condizioni di nostro padre.

Ruslan si sta già girando per andarsene, quando chiedo in tono sommesso: "Come sta?"

Mio fratello si ferma e mi guarda, le sopracciglia inarcate. "Vuoi davvero saperlo?" Di fronte al mio sguardo gelido, sospira e dice: "Secondo i medici, mancano ormai poche settimane. Forse meno."

Qualcosa si stringe nel mio petto, come una vite inserita più a fondo. Allontanandomi per nascondere la mia espressione, raggiungo il parapetto e guardo l'acqua blu scuro che scintilla placidamente sotto il sole.

Un attimo dopo, Ruslan si unisce a me.

"Non è colpa tua, sai?" dice, lo sguardo fisso sull'orizzonte mentre gli lancio un'occhiata. "E neanche mia. È sua e basta."

Torno a guardare l'acqua. "Lo so."

"Non ne sono sicuro."

Rimango in silenzio, perché cosa dovrei dire? Non si può cambiare il passato, né aggiustare ciò che è stato rotto in maniera irreparabile. Fino a qualche settimana fa, quando Ruslan ha trovato il diario di nostra sorella, che risale ai tempi dell'adolescenza, ero cieco. Adesso vedo tutto, e la rabbia che mi consuma è così tossica che non ho altra scelta se non quella di stare lontano da Mosca finché l'uomo che ci ha messi al mondo non esalerà l'ultimo respiro.

"Ha parlato di nuovo di Slava" dice Ruslan con prudenza. "Voleva che lo portassimo via ai Molotov."

"Non è l'accordo che ho fatto io."

Ruslan mi guarda in faccia, un braccio appoggiato sul parapetto. "Perché quell'accordo? Avevamo vinto. Un altro piccolo sforzo e sarebbe finita lì. Avresti potuto avere Alina *e* il bambino."

"Non senza uccidere suo fratello."

Ruslan ha capitanato la squadra che ha eliminato le guardie intorno alla proprietà, quindi non era con me vicino al garage. Non ha visto la determinazione letale negli occhi di Nikolai Molotov durante la nostra situazione di stallo. Il fratello di Alina avrebbe combattuto fino alla morte pur di proteggere la sua famiglia e tenere suo figlio. Ma soprattutto, Slava voleva rimanere con loro. Mio nipote ha scelto suo padre e la sua nuova moglie al posto mio, e dopo aver letto il diario di Ksenia, non posso dire che abbia fatto la scelta sbagliata. Se avessi saputo allora quello che so oggi, se Ruslan avesse trovato il diario prima, se Ksenia si fosse confidata con me...

"E perché non ucciderlo?" chiede Ruslan, interrompendo le mie inutili riflessioni. "Un Molotov in meno di cui preoccuparsi."

Inarco le sopracciglia. "Sai che sono sposato con una Molotov, vero?"

"È una Leonov adesso."

Sì, lo è. Non posso trattenere un'ondata di soddisfazione a questo pensiero. Ma a Ruslan dico: "Questo non significa che non mi avrebbe odiato per aver ucciso suo fratello."

Ruslan soffia con il naso. "Ti odia già."

No, non mi odia. Mi rifiuto di crederci. La nostra relazione è tutt'altro che semplice, ma Alina non mi odia veramente. Ricordo la sua empatia alla raccolta fondi, dopo la morte di Ksenia, il legame che avevamo condiviso per così poco tempo. In un certo senso, le importa di me, anche se di fatto sono ancora uno sconosciuto per lei. Ma non rimarrò tale ancora per molto. Qui, in mezzo all'oceano, ci saremo solo noi due nel prossimo futuro, e lei mi conoscerà... e imparerà ad amarmi.

Tutto quello che dico a mio fratello è: "Staremo a vedere."

Sbuffa di nuovo e guarda l'oceano, come me. Restiamo fianco a fianco, osservando l'infinita distesa blu davanti a noi finché il sole che batte sulle nostre teste non diventa troppo caldo per sopportarlo. A questo punto, mi allontano dal parapetto e mi dirigo verso le scale.

È giunto il momento di dare un'occhiata alla mia nuova moglie.

CAPITOLO 8

ALINA

Sto per uscire dalla cabina quando Alexei compare nel corridoio, dirigendosi verso di me con lunghe falcate che macinano il terreno.

"Ti sei cambiata" osserva, fermandosi a pochi metri di distanza per scrutarmi.

"Perché no? Il matrimonio è finito, giusto?" Ho indossato di nuovo il vestito verde di stamattina. È fresco e comodo, molto di più del lungo abito bianco.

Piega la testa di lato, studiandomi. "Come stai?"

"Bene." Ed è vero, sto bene. Pensavo di usare la magia dello svenimento come scusa per stare in cabina per il resto della giornata, sperando di evitare la sua compagnia, ma ho deciso di non farlo. Non solo mi annoierei a morte, ma è meglio non soffermarmi troppo a riflettere sulla mia situazione.

Sul ponte, posso almeno parlare con il fratello di Alexei e conoscerlo un po'.

"Sei sicura?" domanda Alexei, socchiudendo gli occhi.

Esito. Cosa farà se non sto bene? Mi riporterà a casa, a Mosca?

Fa una smorfia. "Fanculo. Ti chiamo un medico." Si gira e si dirige verso le scale mentre io lo guardo, incredula.

C'è un medico a bordo? A meno che non intenda...

Mi affretto a seguirlo. "Alexei! Aspetta."

Si ferma e mi guarda. "Cosa?"

"Attracchiamo da qualche parte? Così potrò andare da un medico?"

Per favore, di' di sì. Per favore, di' di sì.

"No." Si gira e riprende a camminare, poi scompare sulle scale prima che io possa insistere per avere altre risposte.

Lo seguo, ma una volta sul ponte, sta già parlando con suo fratello sotto la sporgenza del tetto.

"...un ritardo di una settimana, almeno" sta dicendo Ruslan mentre mi avvicino. "Sicuro che sia davvero necessario?"

"Lo decido io cosa è necessario" ribatte Alexei in tono severo. "Tu falli salire a bordo."

Far salire chi a bordo? Come? Muoio dalla curiosità, ma prima di potergli chiedere qualcosa, Ruslan fa un cortese cenno del capo e se ne va, scendendo di sotto.

Alexei si rivolge a me, l'espressione tetra. "Cosa ci fai quassù? Dovresti andare a sdraiarti, riposare un po'."

"Non voglio riposare. Voglio..." Mi scervello per

escogitare qualcosa di innocuo da fare. "Voglio nuotare."

Alexei si acciglia. "Non stai ancora bene per questo."

"E chi lo stabilisce?" Più ci penso, più mi attira l'idea di un tuffo nell'oceano. Inoltre, non guasterebbe fare pratica con le mie abilità nel nuoto, nel caso in cui si presentasse una via di fuga. "Sul serio, sto benissimo. È stato solo…" Mi interrompo. Non voglio rivivere i ricordi.

L'espressione di Alexei diventa sempre più concentrata. "È stato solo…?"

"Sono andata in paranoia, okay?" Inspiro, lottando contro un improvviso senso di compressione nei polmoni. "Io… Mi sono venuti in mente i miei genitori, tutto qui."

La sua espressione si intenerisce. "Alinyonok…"

"No." Non voglio la sua pietà. "Possiamo nuotare e basta? Per favore?"

Ci pensa su per un momento, poi annuisce. "Va bene. Andiamo a cambiarci e ti porterò a nuotare."

Mi riaccompagna sotto il ponte, una mano appoggiata con leggerezza in fondo alla mia schiena, e mi sforzo di non staccarla da me. Non perché io non gradisca il contatto fisico con lui. Anzi, il contrario. C'è qualcosa di… rassicurante, più o meno, nella sensazione della sua grande mano su di me. Mi conforta in un modo su cui non voglio soffermarmi.

Questa particolare sensazione permane mentre scendiamo le scale e torniamo in cabina. Mi aspetto che venga con me, ma con mia sorpresa si ferma a qualche metro di distanza, vicino a un'altra porta nel corridoio.

"È qui che tengo i miei vestiti" spiega mentre lo guardo, stupita. "Ci vediamo sul ponte?"

"Oh, certo." Sbatto le palpebre mentre apre la porta e sparisce in quella che sembra essere un'altra cabina, ma con un'enorme scrivania e una poltrona al posto del letto. È il suo ufficio? Se sì, perché tiene i vestiti lì dentro?

Beh, non importa.

Entro nella nostra cabina normale e vado subito all'armadio, dove trovo decine di costumi da bagno. Ne scelgo uno intero, sportivo e blu fluorescente, per la facilità di nuotare e perché è più coprente. Non che Alexei non abbia già visto tutto di me, ma comunque non posso frenare il calore che si diffonde sulle mie guance all'idea di essere quasi nudi nell'oceano insieme.

Forse non è stata una buona idea. In quanto a distrazioni, questa fa proprio schifo.

Troppo tardi, ormai. Indosso un pareo blu abbinato al costume, infilo un paio di infradito bianche, faccio un respiro profondo ed esco dalla cabina.

ALEXEI MI STA ASPETTANDO SOTTO IL TETTO, DOVE qualcuno ha posizionato due sedie a sdraio e un tavolino con quelle che sembrano bevande alla frutta, presumibilmente per rilassarci e idratarci all'ombra dopo la nuotata. Con mio sollievo, il fratello di Alexei non c'è, ma vedo un grande flacone di crema solare nelle mani di Alexei mentre si alza dalla sdraio.

Devo ripetere la trafila della colazione.

E infatti, appena metto piede all'ombra, Alexei mi ordina di togliermi il pareo. "Non starai sotto il sole senza protezione" afferma, aprendo il flacone mentre mi fermo a pochi passi di distanza da lui, osservandolo con prudenza.

Si è cambiato: indossa un costume da bagno nero a pantaloncino e – almeno per il momento – porta una T-shirt nera. È un outfit che gli dona e mette in risalto i potenti muscoli delle sue gambe e i magnifici tatuaggi sulle braccia. Deglutisco a fatica al ricordo di cosa si prova ad essere imprigionata tra quelle braccia, con i nostri corpi nudi premuti l'uno contro l'altro mentre entrava ripetutamente dentro di me...

"Lascia fare a me" replico di getto, sentendo il mio viso arrossire per quelle immagini. So già come andrà a finire, ma devo provarci.

Bagnarci e stare seminudi insieme è già abbastanza negativo. Permettergli di spalmarmi la crema solare potrebbe essere troppo per il mio equilibrio... quel poco di equilibrio che mantengo con lui, comunque.

"Togliti il pareo" ripete con espressione implacabile, iniziando ad avvicinarsi. "Non riuscirai comunque a spalmarla sulla schiena da sola."

Vorrei dichiarare che posso almeno usarla sul resto del corpo, ma vedo che lui è irremovibile. Digrignando i denti, gli do le spalle e sfilo il prendisole dalla testa. Sento il suo sguardo ardente che segue le mie gambe, il mio sedere, le rientranze all'altezza della vita. Il mio costume da bagno è tutt'altro che sexy, ma non nasconde molto bene il mio corpo, e anche se lui mi ha già toccata dappertutto, non posso fare a meno di sentirmi come un coniglio servito su un piatto d'argento a una tigre.

"Alinyonok..." La sua voce è bassa e rauca mentre si ferma proprio dietro di me, così vicino che sento il calore del suo corpo muscoloso mentre posa le mani, cosparse di crema solare, sulle mie spalle. "Sei così bella."

La mia pelle prende fuoco dappertutto. So che mi vuole. So che mi trova fisicamente attraente, e le sue parole mi fanno sentire un'adolescente dopo il primo bacio. O forse è il suo tocco che sortisce questo effetto, quando inizia a spalmare la crema solare sotto le spalline del mio costume, con quelle dita deliziosamente forti e ruvide. D'altro canto, forse mi sento così perché è stato *lui* a darmi il primo bacio quando ero adolescente... o meglio, mi aveva costretta a baciarlo.

Qualunque sia la ragione, è di gran lunga peggiore di quando mi ha spalmato la crema stamattina. Lì, ero almeno seduta. Adesso, mentre le sue mani scivolano su di me e la mia pelle assorbe la crema, devo ricorrere a tutte le mie forze per rimanere in posizione eretta. Sembra che le mie ossa si siano sciolte, così come il resto del mio corpo. Sono tutta respiri tremanti e desiderio ardente, con i capezzoli turgidi e il ventre morbido e liquido.

Se mi toccasse tra le gambe, lo saprebbe. Sentirebbe quanto sono bagnata.

Questo momento non dovrebbe avere niente di sessuale. Si sta solo assicurando che io non mi scotti sotto il sole. Ma tutto tra noi ha un sottinteso sessuale, ed è il suo tocco a farmi bruciare. Il mio corpo ha deciso molto tempo fa che quest'uomo – quest'uomo pericoloso e violento – è ciò che desidera, e nonostante l'accaduto non è cambiato niente.

Dopo essersi occupato delle spalle, del collo, della parte superiore del torace, delle braccia e della schiena, mi fa girare verso di lui e si accovaccia davanti a me, come l'ultima volta. Il mio battito cardiaco accelera ancora di più. Le sue mani, calde e callose, scivolano sui miei piedi, sulle mie caviglie, sui miei polpacci, sulle mie ginocchia… Trattengo il fiato mentre raggiunge le cosce e inizia a spalmare la crema solare sui quadricipiti e dietro le gambe con un tocco ingannevolmente platonico. È solo quando mi guarda, e i suoi occhi incrociano i miei, che vedo la brama ardente in quelle profondità buie. La stessa che mi attanaglia, prendendosi gioco della mia resistenza.

Sostenendo il mio sguardo, muove le mani più in alto, spalmando la crema sui miei fianchi, sulla metà inferiore delle natiche, sulle zone scoperte davanti, a pochi centimetri dalla parte di me che freme dolorosamente per lui. Quando raggiunge i bordi del mio costume, sorride e le sue labbra formano una curva perversa e pericolosamente seducente. Tremo per l'intensità del mio desiderio, con la disperata voglia di inclinare il bacino in modo che le sue dita premano contro la sottile striscia di tessuto blu fluorescente che nasconde il mio sesso, toccando il fascio di nervi che…

"La scena è molto sexy, ma non vi conviene andare in una cabina?"

La presa in giro di Ruslan mi distrae dalla mia trance sensuale. Irrigidendomi, arretro di un passo e, in mancanza di qualcosa di meglio da fare, getto il pareo, ancora stretto tra le mie dita, su una delle sedie a sdraio. Alexei è già in piedi e lancia una torva occhiata a suo fratello, che si trova a pochi metri di distanza con il sorriso più ampio che gli riesce. Come Alexei, si è liberato del completo e indossa una T-shirt e il costume da bagno a pantaloncino. Evidentemente, vuole nuotare anche lui.

"Ci penso io al viso" dico con voce tesa, prendendo la crema solare dalle mani di Alexei.

Stavolta me la dà vinta e spalmo rapidamente la crema sulle guance, sulla fronte, sul naso e sul mento, prima di strofinare con cura. Non mi importa di rovinarmi il trucco – sto comunque per bagnarmi la faccia – ma le vecchie abitudini sono dure a morire.

"Cosa cavolo ci fai qui? Non hai del lavoro da fare nella tua cabina?" ringhia Alexei, guardando suo fratello come se volesse fargli un occhio nero.

A proposito, è un livido quello che vedo sulla mandibola di Ruslan?

"No" risponde Ruslan. "Niente che non possa

aspettare il mio ritorno a casa. Vi ho sentiti parlare di una nuotata e mi sembrava un'ottima idea, quindi ho pensato di unirmi a voi."

Drizzo le orecchie. Sta per tornare a Mosca? Come? In tono casuale e quasi disinteressato, chiedo: "E quando tornerai a casa?"

Il fratello di Alexei mi rivolge un sorriso astuto. "Non vedi l'ora di sbarazzarti di me? Non temere, vi lascerò alla vostra luna di miele non appena…"

"Ruslan." La voce di Alexei è come lo schiocco di una frusta. "Tuffati in acqua, eh?"

"Volentieri." Ruslan si toglie la T-shirt con la pigra sicurezza di un uomo che è perfettamente in forma e lo sa bene.

Mentre mi passa davanti con passo placido, vedo che il suo corpo ha le stesse proporzioni di quello di Alexei ed è altrettanto muscoloso, anche se con meno tatuaggi. Eppure non provo quel desiderio sgradevole che rende ogni attimo in compagnia del mio nuovo marito una tortura speciale. Suppongo che abbia senso. Ho già frequentato uomini belli dal fisico tonico, e nessuno di loro ha acceso la benché minima scintilla dentro di me. I ragazzi ricchi del mio collegio avevano accesso ai migliori personal trainer e dietologi, per non parlare dei chirurghi plastici, eppure potevano anche essere delle repliche di Ken, a guardare l'attrazione che mi suscitavano. Lo stesso vale per quelli che ho conosciuto all'università. Naturalmente, a quel punto, sapevo che Alexei mi stava pedinando, quindi questo avrebbe potuto influenzare i miei sentimenti.

È difficile essere attratta da un uomo quando si sa che, probabilmente, finirà ammazzato per colpa di quest'attrazione.

Devo aver fissato Ruslan mentre ero persa nelle mie riflessioni, perché non appena si arrampica sulla scaletta di tribordo ed esegue un tuffo perfetto dal primo gradino, Alexei mi prende per un braccio e mi attira a sé, chinandosi poi per avvicinare le labbra al mio orecchio. La sua voce è filo spinato avvolto nella seta mentre sussurra: "Ti piace quello che vedi?"

Prima che io possa rispondere, mi fa girare verso di lui. La sua mascella è serrata e un piccolo muscolo freme vicino all'orecchio mentre sposta la presa sulla mia nuca e si china. Con gli occhi neri come il carbone, dichiara a denti stretti: "Mio fratello e ogni altro uomo sono off limits per te. Intesi?"

Il mio battito cardiaco galoppa e una sensazione di freddo si propaga sulla mia pelle davanti alla furia letale del suo sguardo. Eppure, un diavolo mi spinge a replicare: "Altrimenti? Ucciderai tuo fratello come hai ucciso Josh e quell'uomo a Bali? Non è stato un caso se è precipitato dalla scogliera con il suo scooter, vero?"

La mano di Alexei mi stringe la nuca. Le sue dita premono dolorosamente nella mia pelle mentre mi afferra l'anca con l'altra mano. "No." Quella parola, a malapena percepibile, viene pronunciata a denti stretti mentre si abbassa con il viso fino a quando la sua bocca non si trova a pochi centimetri dalla mia. "Non è stato un caso."

Le sue labbra si incollano alle mie in un bacio

intenso e violento. Esprime possesso piuttosto che desiderio, violenza piuttosto che lussuria. Eppure, un fuoco familiare mi scorre nelle vene; tra le braci del desiderio dentro di me, divampano delle fiamme che mi divorano completamente. Quando solleva la testa, mi aggrappo a lui, debole e senza fiato, tremante di desiderio. Anche Alexei ha il respiro affannoso, la sua espressione è ancora oscura e pericolosamente possessiva.

Spostando la mano sul mio viso, preme con il pollice sulle mie labbra turgide. "Questa è mia." La sua voce è un ringhio aspro e animalesco. "E questa" – appoggia l'altra mano tra le mie cosce, palpando il mio sesso attraverso il costume da bagno, con una forte pressione che mi fa boccheggiare – "è decisamente mia."

Prima che io possa rispondere alla sua rozza dichiarazione, mi lascia andare e arretra di un passo. Si spoglia la T-shirt con un movimento fluido, la lascia cadere su una sdraio, poi raggiunge la scaletta a lunghi passi e si tuffa in acqua con lo stesso gesto atletico e disinvolto di suo fratello.

Scossa, lo osservo e la mia mente riesce a produrre un solo pensiero coerente: mio marito è un uomo terrificante.

CAPITOLO 9

ALEXEI

Passano quasi dieci minuti prima che Alina scenda dalla scaletta di tribordo per immergersi tra le onde. Mi giro sulla schiena e galleggio, osservandola, il desiderio oscuro che arde ancora dentro di me. Rimpiango amaramente il nostro ultimo patto, la promessa che le ho fatto di non scoparla oggi. Ormai, dovrei sapere di non cedere alle sue suppliche, eppure eccoci qua. Come minimo, avrei dovuto trascorrere qualche ora nella cabina con lei, a placare la mia voglia in un altro modo prima di venire qui.

"Sai che adesso è tua moglie, vero?" Ruslan si gira a pancia in su accanto a me, rimanendo a galla con pigre bracciate. "Non c'è bisogno di fissarla come un lupo affamato. Puoi averla e basta."

Al diavolo mio fratello. Digrigno i denti e trattengo il desiderio di affogarlo. Per sua fortuna, l'acqua fredda ha mitigato la gelosia accecante che è arrivata alle stelle dentro di me quando ho visto Alina che lo guardava con ammirazione. Non che Ruslan proverebbe a fare qualcosa con lei – sa che lo ucciderei per questo, fratello o no – ma comunque, il solo pensiero che lei avrebbe potuto volere lui o qualsiasi altro uomo all'infuori di me...

Digrigno i denti ancora di più e faccio del mio meglio per ignorare Ruslan, mentre guardo Alina che valuta cautamente la temperatura dell'acqua con un piede. Si aggrappa alla scaletta con una grazia incredibile, e il suo costume da bagno intero mi ricorda l'abito di una ballerina senza la gonna. Naturalmente, nessuna ballerina ha mai sortito questo effetto su di me. Anche immerso nelle fresche acque del Pacifico, ho una mezza erezione solo a guardarla. È tutta gambe lunghe e curve eleganti, e la perfezione del suo corpo dovrebbe essere illegale. Le mie mani non vedono l'ora di accarezzarle la pelle liscia, di stringerle i seni alti e rotondi e di sentire l'umidità vellutata tra le sue...

Cazzo. Perché ho fatto quello stupido patto per il vestito? O accettato questa nuotata? Potrei essere a letto con lei, adesso, invece che qui fuori con quel cretino di mio fratello. Ma d'altra parte, Ruslan ha ragione: adesso è mia moglie. Posso averla quando voglio. Cosa sono un paio d'ore in più, quando ho già aspettato per un decennio?

"Salta dentro e basta!" grida Ruslan, mentre Alina tira fuori il piede dall'acqua e scende sul gradino successivo della scaletta, immergendo entrambi i piedi fino alle caviglie. "Non è così fredda come sembra all'inizio!"

Lei ci guarda, girata di profilo. "Lo so." Fa un respiro profondo, si tappa il naso e salta giù dalla scaletta.

Il mio battito cardiaco si impenna quando la sua testa finisce sott'acqua. Sa nuotare, lo so, ma poco fa ha avuto una crisi. Cosa succederebbe se avesse di nuovo le vertigini, se svenisse o... cazzo, non avrei dovuto acconsentire a questa nuotata. Mi giro e fendo l'acqua con rapide bracciate. Ci vogliono solo pochi secondi per raggiungerla, ma ormai è riemersa e sta ridendo, scostando i capelli bagnati dal viso con entrambe le mani.

Qualcosa si stringe dentro di me, come se una mano fosse penetrata nella mia gabbia toracica per strizzare il mio cuore. Quella gioia pura e sincera sul suo viso... quel sorriso, così genuino e luminoso... non ho mai visto niente di simile. Non è più solo bella: la mia Alinyonok è incandescente, come un angelo con una luce che brilla dall'interno. Mi sembra sbagliato volerla in questo momento, quasi sacrilego, ma il desiderio dentro di me prende fuoco ancora di più. La voglio con ogni fibra contorta del mio essere, con ogni cellula perversa del mio corpo. La voglio, e non posso averla.

Non finché non saremo da soli, almeno.

Lei, notando la tetra frustrazione sul mio viso, smette di ridere e mi guarda con prudenza. "Ciao."

"Ciao anche a te." Incapace di resistere, la prendo per un braccio e la attiro a me, ignorando il suo rantolo sbalordito mentre il suo corpo urta il mio sott'acqua. Prima che possa allontanarsi, intrappolo la sua schiena minuta con un braccio e le prendo il viso con una mano, tenendolo fermo mentre mi chino per un bacio profondo, approfittando delle sue labbra socchiuse.

Ha il sapore dell'oceano e di se stessa, di sale, dolcezza e sesso puro. Vorrei divorarla, scavare così a fondo dentro di lei che non si separerà mai da me, ma tutto quello che posso avere al momento è questo bacio, quindi ne approfitto, facendo scivolare la lingua su ogni superficie vellutata della sua bocca, mordicchiando le sue labbra morbide e carnose, inalando i suoi respiri caldi e ansimanti. Sotto sotto, so bene che mio fratello sta nuotando nei paraggi e dicendo senz'altro qualcosa di sarcastico, ma non me ne frega un cazzo.

Lei è mia. Finalmente, dopo tutti questi anni, è tutta mia.

Quando mi costringo a fermarmi, le sue mani mi stringono le spalle e le sue gambe sono avvolte saldamente intorno alla mia vita. Mi fissa con il fiato corto, le labbra gonfie e socchiuse, il rossetto rosso quasi sparito e gli occhi incredibili cerchiati dalle macchie di mascara... e sono così duro che potrei venire sul posto. L'acqua, fresca e tonificante sulla mia pelle, adesso sembra capace di bollirmi vivo, e occorre tutto il mio autocontrollo per staccarmi con cautela da lei, per non rompere la mia promessa e prenderla qui e subito, in mare aperto, con mio fratello accanto a noi e la barca che lentamente si allontana.

Ruslan è stranamente taciturno mentre mollo la presa su Alina con riluttanza e lascio che mezzo metro d'acqua ci separi. Non basta a ridurre la forza che mi attira verso di lei, ma dovrà andarmi bene. Potrebbero esserci degli squali in queste acque, e anche se è improbabile che ci infastidiscano, mi rifiuto di essere a più di un metro di distanza da lei con un possibile pericolo, per quanto minimo.

"Io…" Si umetta le labbra, muovendo le braccia per rimanere a galla. "Voglio nuotare un po', okay?"

Senza aspettare la mia risposta, si gira a pancia in giù e si dirige verso lo yacht, nuotando a rana con uno stile deciso ma poco efficiente. La seguo, restando al suo fianco, e facciamo un paio di giri intorno alla barca, dopo i quali lei è visibilmente senza fiato.

"Penso di averne avuto abbastanza per ora" commenta, afferrando la scaletta. "Tu continua pure a nuotare. A dopo."

Detto questo, esce dall'acqua in un appetitoso sfoggio di curve perfette e pelle bagnata e luccicante.

Cazzo. Mi è venuto duro un'altra volta.

Sto per arrampicarmi dietro di lei, ma quando scompare dalla via vista, decido che qualche altro giro intorno alla barca potrebbe servire a raffreddare il fuoco che infuria dentro di me. Probabilmente sta andando a fare la doccia, e se la vedessi lì in questo momento, potrei rimangiarmi la parola data e possederla.

"Dovresti insegnarle a nuotare meglio."

Mi giro e vedo Ruslan galleggiare accanto a me. "Certo."

È il mio obiettivo per le prossime settimane, in effetti. La mia Alinyonok non è molto brava a nuotare. Lo sapevo già, avendola osservata durante alcune delle sue vacanze al mare, ma la sua mancanza di abilità non è mai stata importante in passato. Adesso sì. Potremmo navigare per un po', e devo sapere che sarebbe capace di nuotare in tutta sicurezza se, nonostante la mia vigilanza, finisse in acqua in qualche modo.

Mio fratello mi guarda con curiosità. "Non hai paura che cerchi di fuggire?"

"Ci proverà comunque."

"Cazzo." Ruslan libera un respiro, spruzzando goccioline d'acqua intorno a sé. "Lyosha, sei sicuro che…?"

"So quello che faccio." Il mio tono è aspro, tagliente. Abbiamo già affrontato questa discussione una mezza dozzina di volte, e non voglio tirarmi indietro quando sto per avere tutto quello che voglio.

Sul volto di mio fratello compare un'espressione che, in maniera inquietante, assomiglia alla compassione. "Ah sì?"

"Sì" rispondo con voce tesa, e senza aspettare la sua risposta mi allontano con lunghe bracciate furiose.

CAPITOLO 10

ALINA

Il mio cuore batte ancora all'impazzata quando esco dalla doccia, non per lo sforzo della nuotata, ma perché non riesco a smettere di pensare ad Alexei e alle mie stupide reazioni illogiche con lui. Peggio ancora, inizio a sospettare che non consideriamo il nostro patto di stamattina allo stesso modo. Speravo che non mi toccasse affatto, ma le sue parole reali sono state che non sarebbe venuto a letto con me, e dato il modo in cui si è comportato dopo il matrimonio, questa non è sicuramente una giornata senza contatto.

Cercando di calmarmi, mi asciugo i capelli, riapplico il trucco – dopo aver spalmato uno spesso strato di crema solare, per evitare un altro calvario con le mani di Alexei – e mi vesto. Vorrei avere qualcosa per tenere impegnata la mente, per esempio un bel videogioco, ma non ho visto nulla di simile in cabina. Tuttavia, sono riluttante a dirigermi di nuovo sul ponte, insieme ad Alexei e a suo fratello. Entrambi mi sconcertano, anche se per ragioni diverse.

Raggiungo il letto e mi siedo, ripensando a quello che Ruslan stava dicendo prima che Alexei lo interrompesse, a proposito di lasciarci alla nostra 'luna di miele'. L'idea implicita era che il fratello di Alexei partirà presto. Significa che attraccheremo da qualche parte per farlo scendere? Oppure verranno a prenderlo in elicottero?

In ogni caso, significa che saremo vicini alla terraferma, ed è probabilmente dove Alexei vuole chiamare il medico.

Reprimo un barlume di speranza non appena sboccia nel mio petto. Alexei non sarebbe così sciocco da darmi l'opportunità di fuggire così in fretta, non dopo le traversie per portarmi qui. Ma comunque... se...?

La porta della cabina si apre ed entra Alexei, con il costume fradicio e i potenti muscoli che si contraggono sotto i tatuaggi bagnati. Deve aver appena finito la nuotata ed è venuto dritto qui, cosa che non mi aspettavo per qualche motivo.

Deglutisco e accavallo le gambe con la massima noncuranza possibile, cercando di apparire come una principessa di ghiaccio, fredda e imperturbabile. Non è facile. Alexei mezzo nudo è un bello spettacolo, ma Alexei mezzo nudo e bagnato incarna i miei sogni erotici più contorti. Il mio respiro accelera mentre i miei muscoli interni si contraggono, ricordandomi che sono indolenzita e che l'acqua salata *non* ha migliorato le cose.

"Vuoi fare la doccia qui?" chiedo, riuscendo in qualche modo ad assumere un tono quasi normale.

Inarca un sopracciglio scuro con fare beffardo. "Perché no?"

"Non hai un'altra cabina? Quella con i tuoi vestiti?"

"Lì c'è il mio ufficio" risponde, confermando la mia precedente ipotesi. "Dove ho riposto temporaneamente i miei vestiti. La mia personal shopper non ha compreso lo spazio limitato qui dentro, quindi ha esagerato con i tuoi outfit, senza lasciare spazio ai miei in questa cabina armadio. Ho già chiesto a Vika di risolvere il problema spostando alcuni dei tuoi vestiti nell'altra cabina e alcuni dei miei qui." Attraversa la stanza e si ferma vicino al letto. Abbassando lo sguardo su di me, afferma: "La aiuterai tu."

Lo guardo in tralice e balzo in piedi. Un errore, perché adesso siamo così vicini che il suo corpo quasi tocca il mio. E devo comunque allungare il collo per incrociare il suo sguardo. Ad ogni modo, mi rifiuto di farmi intimidire da lui. "Perché dovrei?"

Di certo, non voglio i suoi effetti personali qui dentro.

"Perché altrimenti finirai con una serie di vestiti che non ti piacciono nell'armadio più comodo e viceversa" risponde con una logica esasperante.

"Come se mi importasse. Non mi piacciono questi vestiti, *neanche uno*."

In realtà, non ho avuto la possibilità di dare

un'occhiata alla maggior parte di essi, e quello che ho visto finora è esattamente di mio gusto, ma non ho intenzione di dirglielo.

"In questo caso, aiuterò *io* Vika." Le sue labbra si tendono fino a diventare un sorriso. Solleva una mano per infilarmi una ciocca di capelli dietro l'orecchio, prima di sfiorarmi la mandibola con le nocche. "Sai, penso che ci siano degli abiti che vorrei vederti addosso di continuo… bikini e lingerie, per esempio. O forse niente."

Scaccio la sua mano prima che possa scendere sulla clavicola. "Allora perché mi hai procurato una cabina armadio piena di abiti firmati?"

"Perché volevo che fossi a tuo agio e ti sentissi a casa. Ma se comunque non ti piace niente…" Scrolla le spalle larghe, schizzandomi addosso piccole gocce d'acqua.

Combatto l'impulso perverso di leccare le goccioline rimaste sul suo petto. Invece, mi sposto di lato per aumentare la distanza tra noi e dico con tutta la freddezza possibile: "Stai perdendo acqua ovunque, come un cane bagnato."

Lui non sembra offeso. I suoi occhi di onice brillano di divertimento, e un angolo delle sue labbra si curva in un sorriso decisamente rapace. "Vuoi venire ad asciugarmi, aiutarmi a cambiarmi?"

"Direi di no" rispondo e mi odio subito per il mio filo di voce. Con l'aria condizionata che espelle aria fresca dalle bocchette, fa quasi freddo nella stanza, ma mi sento tutta rossa e anche troppo accaldata… e so a cosa dare la colpa.

Non avevo ancora avuto la possibilità di studiare i tatuaggi di Alexei da vicino e adesso non posso fare a meno di sbirciarli. Quelli che decorano il suo petto e le sue braccia sono vere opere d'arte, in cui ogni immagine confluisce con naturalezza in quella successiva. Molti dei tatuaggi singoli rappresentano dei draghi, così dettagliati e disegnati in modo così realistico da sembrare pronti a sputare fuoco. Ad ogni movimento dei muscoli delle sue spalle, le ali di un drago si flettono, come se stesse per spiccare il volo e…

"Ti piace quello che vedi?" chiede Alexei con un oscuro divertimento a ogni sillaba. Arrossisco ancora di più.

Costringendomi a risalire con lo sguardo sulla sua faccia, chiedo: "Perché i draghi?"

Non ha senso fingere che non lo stessi fissando.

"Per nessun motivo in particolare" risponde. "Mi piaceva il modo in cui l'artista li disegnava."

Tutto qua? In qualche modo, ne dubito. "Perché tanti tatuaggi in generale?"

Nelle nostre cerchie di Mosca, anche tra i membri della mia generazione, i tatuaggi sono ancora una sorta di tabù, specialmente se visibili, come quelli che sfoggia Alexei. Sono troppo associati alle carceri e ai campi di lavoro, e anche se le pratiche commerciali dei russi più ricchi vanno spesso al di là della legge, a loro non piace considerarsi dei criminali. So che a mio padre non piaceva.

I denti bianchi di Alexei compaiono in un sorriso tagliente e pericoloso. "Secondo te perché, bellezza? Avevo bisogno di qualcosa per dimenticare che non potevo averti."

Rimango senza fiato e il mio rossore si intensifica, il calore si diffonde sul collo e sul petto. Vorrei distogliere lo sguardo, nascondermi dall'intensità ardente dei suoi occhi, ma i miei piedi sono ancorati a terra e qualsiasi risposta è impigliata nella mia gola. Quando finalmente riesco a parlare, la mia voce è tesa. "Avresti potuto scegliere un'altra ragazza."

"Già." Mi si avvicina e mi prende le mani con le sue, tenendole ferme lungo i suoi fianchi mentre dice con voce bassa e rauca: "Non volevo nessun'altra, Alinyonok. Non ho mai voluto nessuna come voglio te. E non si tratta solo di sesso. Voglio tenerti tra le mie braccia, prendermi cura di te, tenerti al sicuro..." I suoi occhi brillano di un fervore oscuro. "Voglio renderti felice."

Una pressione pungente si accumula dietro le mie palpebre e un nodo singolare compare nella mia gola. Sgomenta, capisco che sono sul punto di piangere, e non per paura o rabbia. L'ossessione decennale di Alexei nei miei confronti è terrificante, del tutto sgradita, ma è anche... oh, cavolo. Sbatto rapidamente le palpebre per evitare che le lacrime mi righino le guance, ma succede comunque, e quelle accumulate vicino all'angolo esterno degli occhi sgorgano sul mio viso, rovinando di nuovo il trucco.

Peggio ancora, nel frattempo sto guardando Alexei

e lui lo vede, l'effetto della sua confessione, il modo in cui le sue parole fanno leva sulle mie emozioni contro ogni logica, ogni buonsenso. Lo odio, lo odio davvero, eppure c'è una piccola e bisognosa parte di me che non può fare a meno di volere ciò che mi offre, tentata di abboccare all'amo pur sapendo cosa mi aspetta in quel caso.

"Alinyonok..." La sua voce si ammorbidisce, diventa più gentile, anche se una fiamma potente e pericolosa arde nei suoi occhi. Lentamente, come se temesse di spaventarmi, china la testa fino a quando le sue labbra non si librano sopra il mio orecchio. Con il suo alito caldo sulla mia pelle, sussurra: "Dai una possibilità a noi due. Funzionerà, te lo prometto."

E prima che io possa girarmi da un'altra parte, incolla le labbra sulla mia guancia bagnata per asciugare le lacrime con i baci, pilotandomi come un burattinaio con la sua marionetta.

CAPITOLO 11

ALEXEI

Qualcosa è cambiato. Qualcosa è cambiato tra noi. Lo sento.

Non ha allontanato la guancia dalle mie labbra. Non si è irrigidita e non cerca di allontanarmi mentre uso la stretta sulle sue mani per farla avvicinare fino a quando il suo vestito non aderisce alla mia pelle bagnata e la mia erezione non preme contro la sua pancia piatta. Sento il sapore delle sue lacrime salate e mi viene così duro che tremo per il desiderio di spingerla sul letto, strapparle quelle belle mutandine inesistenti e immergermi nel suo calore morbido e bagnato.

Ma ho fatto una promessa. Ho promesso, cazzo.

Quindi ricorro a ogni tecnica di autocontrollo che ho imparato nel corso degli anni e faccio scivolare le labbra verso il basso, fino alla sua mandibola, asciugandole quelle lacrime squisite. Lei chiude gli occhi e la sento tremare mentre mi avvicino alla bocca, a quelle labbra rosse e vellutate che mi fanno impazzire da un decennio. Ma non mi limito a baciarla lì. Il mio obiettivo è l'altra guancia, voglio ancora quell'umidità salata e deliziosa che mi dice che sto facendo breccia dentro di lei, che finalmente ascolta le mie parole.

Le sue ciglia vibrano mentre sposto le labbra sulle sue palpebre chiuse, e qualcosa si muove dentro di me, una strana e potente sensazione che compete e va ad aggiungersi al desiderio che mi arde nelle vene, alla brama di lei che non conosce limiti. Le ho detto la verità: voglio renderla felice, darle tutto quello che ha sempre voluto. Ma voglio anche possederla, consumarla, eliminare la sua resistenza fino a quando non ammetterà di essere mia... che sarà *sempre* mia, cazzo.

Tremando per l'intensità del desiderio, porto le mani verso il suo viso e le poso sulle sue guance, e quando lei solleva le palpebre, rivelando gli occhi verdi come giada, incollo le labbra alle sue, assaporandola, crogiolandomi nel suo sapore, nel contatto con lei, nella sua calda sensualità. Non è mai riuscita a negarmi la sua reazione fisica... e non ci riesce neanche adesso. Mentre passo la lingua sulle sue labbra, le apre, lasciandomi entrare nella sua bocca calda e morbida. La sua lingua si intreccia con la mia, all'inizio dolcemente, la tenera carezza di una farfalla, poi in maniera più decisa, con un palese desiderio. Gemo, rendendo il bacio più profondo. Alina spinge il suo corpo contro il mio e le sue mani mi stringono i fianchi.

In questo, almeno, siamo sulla stessa lunghezza d'onda.

Mi vuole. Non può evitarlo.

Ma si *sta* opponendo, me ne rendo conto con una scossa. Ha incastrato le mani tra noi e cerca di allontanarmi, con i piccoli denti affilati che scavano nel mio labbro inferiore. Quel lieve picco di dolore è scioccante, come se all'improvviso fossi graffiato da una tenera gattina. Mi ritraggo, fissandola con incredulità. Lei spinge più forte, liberandosi e barcollando all'indietro.

"Avevi promesso!" Le lacrime scintillano come gocce di pioggia sulle sue lunghe ciglia mentre mi fissa, le labbra rosse che tremano mentre si allontana. "Alexei, avevi promesso…"

La rabbia si impenna dentro di me, sovrapposta all'amarezza del tradimento. È illogico, lo so, ma solo pochi istanti fa, sembrava che fossimo sulla stessa lunghezza d'onda, superando finalmente tutti gli ostacoli inutili che ha creato nella sua mente. Ed eccoci qui, con lei che mi inchioda a una promessa che non avrei mai dovuto fare. Una promessa che non avevo intenzione di infrangere.

"Ho detto che non ti avrei scopata. Non ti ho promesso di non fare nient'altro." Le mie parole sono dure e seccate, il mio tono glaciale anche quando il fuoco ruggisce dentro di me, un misto di desiderio e rabbia che non lascia spazio alla ragione e alla pazienza.

Per undici anni, ho aspettato, consumato dai pensieri di lei, dalle fantasie su cosa avremmo fatto quando sarebbe diventata finalmente mia… eppure lei sta ancora giocando, si rifiuta di ammettere la verità.

Solleva il mento, impavida ora che ci separano pochi metri. "Semantica: che bello." Il suo tono trasuda derisione. "Immagino che si debba stare attenti alle parole quando si tratta con il diavolo."

Scopro i denti in un sorriso privo di umorismo. "Ah, sì."

Ci osserviamo, carichi di tensione, mentre emozioni incostanti pulsano nell'aria tra noi. La distanza tra noi è più che fisica. La sento alzare le barriere. Il suo atteggiamento sulla difensiva ricompare. Mentre pochi istanti fa c'era solo tenerezza, adesso c'è rabbia. Da parte sua e da parte mia. Avvicinarsi così tanto a quello che voglio – che lei si arrenda e ammetta i suoi sentimenti – ha solo evidenziato quanto sia ancora lontano il mio obiettivo finale. Immagino che una parte ingenua di me fosse convinta che, se mai avessimo avuto la possibilità di interagire veramente per qualsiasi lasso di tempo, avrebbe visto quello che mi è parso ovvio fin dall'inizio: quanto siamo perfetti l'uno per l'altra. Ma non sta succedendo questo. Neanche lontanamente.

Anche se sono suo marito, Alina mi vede ancora come un nemico, ha sempre intenzione di resistermi con tutte le forze… e sto per perdere la pazienza.

Quest'ultima parte si riflette nella mia espressione perché lei impallidisce, fa un altro passo indietro... e qualcosa dentro di me scatta.

"Fanculo tutto" ringhio, e dopo averla raggiunta con tre lunghe falcate, la sollevo tra le mie braccia.

Capitolo 12

Alexei

Una volta, non sapevo che il desiderio carnale potesse ferire, che il desiderio potesse essere doloroso. Per il mio quattordicesimo compleanno, mio padre pagò una escort di lusso per iniziarmi, e negli anni seguenti il sesso divenne un vizio quasi quotidiano. Mi piacevano le donne più grandi, esperte e molto brave a letto. Modelle, attrici, donne dell'alta società: tutte gravitavano verso il potere e la ricchezza dei Leonov. Potevo scopare una donna diversa ogni sera, e spesso lo facevo. Le ragazze della mia età mi annoiavano, quindi non davo loro appuntamento. Perché dovevo, quando potevo fare sesso senza sforzi o impegni? Quando bastava il mio cognome per scopare in qualsiasi momento e luogo?

Da adolescente non avrei potuto immaginare che, ben presto, avrei desiderato un'unica donna. O più precisamente, una ragazza troppo giovane – e in

seguito, una giovane donna fragile e traumatizzata –
che non potevo permettermi di avere.

Fino ad ora.

Si dimena tra le mie braccia mentre la porto nel
nostro letto, ma ignoro la sua lotta. Mi chino e catturo
le sue labbra con le mie. Cerca di girarsi di lato, di
allontanarmi premendo le mani sulle mie spalle, ma
non glielo permetto.

Quando è troppo, è troppo. Ho finito di permetterle
questi giochetti.

Le sue labbra si schiudono sotto la pressione dei
miei baci famelici, le sue mani mi afferrano
istintivamente le spalle mentre le infilo la lingua in
bocca, alimentando le fiamme che ardono sicuramente
dentro di lei. E dentro di me.

Cavolo, brucio per lei.

Il mio cazzo è dolorosamente turgido sotto i
pantaloncini, il cui tessuto bagnato mi ingabbia
fastidiosamente. Con un ringhio di frustrazione, la
adagio sul letto e mi raddrizzo per spogliarmi.

Alina arretra col respiro affannoso e gli occhi di
giada spalancati. "Alexei, per favore…" Le trema la
voce. "Per favore, non farlo…" Pronuncia quelle parole
con voce strozzata mentre abbasso il costume e lo
scalcio via.

Inspiro al contatto dell'aria fresca con la mia
erezione gonfia, che placa di poco il bisogno violento
che pulsa dentro di me. Voglio solo divaricarle le
gambe e immergermi nel suo calore scivoloso, ma oggi
non lo faremo.

Prendendola per le caviglie, la trascino verso di me, ignorando le sue proteste inefficaci. Stringendole una gamba, evito un calcio dell'altro piede di Alina mentre sollevo la gonna del suo vestito, esponendo la metà inferiore del suo corpo al mio sguardo. L'intimo è un fazzoletto di pizzo nero che non può nulla contro le mie dita impazienti. Un rapido strattone e le sue mutandine si uniscono al mio costume sul pavimento, mentre mi godo la vista delle sue morbide pieghe rosee, già lucide del segno rivelatore della sua eccitazione, anche se continua a darmi calci, fingendo ancora di non voler fare niente con me.

"Sta' ferma" ringhio, afferrandole le ginocchia per bloccarla mentre mi inginocchio sul letto. "Altrimenti verrò meno alla mia promessa."

Non so davvero cosa sto dicendo, ma è efficace perché Alina smette di lottare e rimane immobile, col respiro affannoso mentre infilo le mani sotto le sue ginocchia e poso le sue gambe sulle mie spalle, sollevando la metà inferiore del suo corpo dal letto. Poi, con il suo sesso comodamente vicino al mio viso, inizio a divorarla.

Lei grida, i suoi occhi si chiudono mentre faccio scorrere la lingua sulle sue pieghe, leccando ogni goccia di umidità che trovo. Il suo sapore, dolce, leggermente muschiato e tutto femminile, mi fa impazzire. La divoro come un uomo posseduto, come l'animale famelico che sono. L'ho sognato per anni, il suo sapore sulle mie labbra, il suo profumo nelle mie narici, i suoi gemiti di piacere nelle mie orecchie, e finalmente, siamo qui. Voglio consumarla, divorarla, possederla in ogni modo possibile. Voglio comandare il suo piacere e il suo dolore, in modo da essere nei suoi pensieri proprio come lei è nei miei.

Sobbalza tra le mie mani, le sue grida diventano più acute e incoerenti e si mescolano ai gemiti irregolari mentre le succhio con forza il clitoride, e la sua deliziosa umidità si riversa sulla mia lingua. È vicina, lo sento, quindi rallento, tenendola sul filo del rasoio finché non trema e ansima, finché il mio nome non è una preghiera sussurrata sulle sue labbra.

"Alexei, per favore, Alexei... oddio!"

Vengo invaso da una soddisfazione oscura, anche se il mio corpo trema di desiderio insoddisfatto. In questo momento, io *sono* il suo dio. Sono tutto per lei e non può negarlo. Non può spingermi via e dichiarare di odiarmi, con le gambe avvolte così saldamente intorno al mio collo che riesco a malapena a respirare. Non può combattermi quando si dimena contro di me, alla disperata ricerca del sollievo che solo io posso darle.

Sono tentato di torturarla più a lungo, affinché la paghi per tutto il tormento che mi ha dato, ma la mia brama è troppo potente per resistere. La succhio ritmicamente e con forza diverse volte, mandandola oltre l'apice del piacere. Mentre boccheggia e trema dappertutto, la lecco durante lo strascico dell'orgasmo, poi la adagio sul letto.

Apre gli occhi, le pupille ancora velate mentre le sfilo il vestito dalla testa e lo getto via. Non indossa il reggiseno, me ne rendo conto con un angolo remoto della mia mente mentre osservo i suoi seni tondi e pallidi e i turgidi capezzoli rosa: una vista appetitosa che me lo fa venire incredibilmente più duro. Il desiderio che pulsa nelle mie vene è crudo e selvaggio, violento nella sua intensità, e occorre tutta la mia forza di volontà per prenderla delicatamente per le spalle e posizionarla a quattro zampe di fronte a me. Mi guarda sbattendo le palpebre, confusa, e infilo una mano tra i suoi capelli, inclinandole la testa all'indietro. Allora capisce. Sgrana gli occhi mentre guido il mio sesso turgido verso le sue labbra socchiuse e, prima che possa resistere, spingo dentro la punta.

Alla sensazione della sua bocca calda e bagnata, il mio autocontrollo residuo crolla, allora spingo in avanti con il bacino, infilandole in bocca metà della mia erezione. Alina si strozza e sputacchia, quindi mi ritraggo per lasciarla respirare, poi spingo di nuovo, più in profondità, finché non sento la sua gola. Lei fatica e, con gli occhi lucidi, preme sul mio osso iliaco con una mano, ma non riesco più a contenermi, non riesco più a trattenermi quando inizio a scoparle la bocca sul serio. Per un decennio, quelle labbra rosse e lucide mi hanno perseguitato, promettendo ogni sorta di piaceri peccaminosi... e mantengono a dovere la promessa. La mia ragazza non ha esperienza nel sesso orale, per niente, ma questo è il pompino più sexy che mi abbiano mai fatto e la sua innocenza stessa è un afrodisiaco.

Sono l'unico uomo che sa com'è Alina quando ha il

riflesso del vomito e soffoca per il mio uccello, e ogni parte atavica di me si crogiola in questo fatto.

Stringendole i capelli in una morsa, la scopo in bocca proprio come non vedo l'ora di scoparla tra le gambe: forte e velocemente, senza trattenermi. So che dovrei essere più delicato, iniziarla lentamente, ma dentro di me si è scatenato qualcosa di oscuro e primitivo che si rifiuta di tornare nella sua gabbia. Senza pietà, uso la sua bocca, e per tutto il tempo le dico quanto è brava, quanto mi piace scopare la sua gola, quanto è bello sentire le sue labbra morbide e carnose intorno al mio cazzo... com'è bella con il trucco sbavato per le lacrime e la saliva.

Soffoca di nuovo, la sua gola ha le convulsioni intorno al mio uccello mentre spingo fino in fondo, e con occhi frenetici e spaventati mi stringe il fianco alla disperata ricerca di aria.

"Va tutto bene, puoi farcela" sussurro con voce rauca, non sapendo nemmeno cosa dico mentre l'orgasmo che si avvicina, caldo ed elettrico, mi fa contrarre i testicoli e mi manda dei brividi lungo la schiena. "Così, dolcezza... Oh, cazzo!"

Vengo così forte da vedere tutto rosso e nero. Un'estasi rovente invade ogni cellula del mio corpo mentre getti di sperma prorompono dal mio sesso e si riversano nella sua gola. Il piacere tormentoso continua e, quando finalmente sono esausto, esco con riluttanza dalla sua gola e la lascio crollare sul letto, dove annaspa alla ricerca di ossigeno.

Sta ancora tremando con il respiro affannoso

quando mi sdraio accanto a lei e la prendo tra le mie braccia, premendo il suo viso contro il mio petto. Sono stato troppo rude, lo so, e una parte di me inorridisce per quello che ho fatto. Ma un'altra parte più grande si bea del modo in cui adesso Alina si aggrappa a me, bisognosa di conforto… bisognosa di *me* anche se sono la causa della sua sofferenza.

Forse aveva ragione ieri, quando le ho detto che non volevo farle del male e lei mi ha definito bugiardo. Non voglio farle del male – non l'ho mai fatto – ma non posso negare che una parte di me è disposta a distruggere la sua resistenza con qualsiasi mezzo.

E non si fermerà davanti a niente pur di farla mia.

Attirandola ancora di più nel mio abbraccio, le accarezzo la schiena finché il suo respiro non diventa regolare e il suo corpo non si ammorbidisce contro il mio… finché il mostro appena scoperto dentro di me non si placa di nuovo, accontentandosi di abbracciarla in attesa di poter riemergere.

CAPITOLO 13

ALINA

Credo di essermi addormentata tra le braccia di Alexei perché, quando apro gli occhi e giro la testa, il sole sta entrando nella cabina da un'angolazione completamente diversa. Deglutisco. La mia gola abusata è indolenzita e sento il retrogusto muschiato dello sperma. Con circospezione, mi ritraggo e alzo lo sguardo sul volto di Alexei. Ha gli occhi chiusi, le sue labbra sono leggermente separate, mentre il suo petto possente si muove verso l'alto e verso il basso in respiri uniformi.

Sta dormendo.

Mio marito sta dormendo.

Mi si rivolta lo stomaco al pensiero, e un rossore bruciante compare subito sulle mie guance alla consapevolezza che siamo entrambi nudi, con le gambe intrecciate, la mia pelle quasi incollata alla sua. Peggio ancora, ricordo in ogni vivido dettaglio quello che è successo prima che ci addormentassimo: il modo in cui mi ha dato un piacere incandescente, per poi prendersi il suo senza pietà, trattandomi come una bambola sessuale. E io… non l'ho odiato del tutto.

Ma cosa mi passa per la testa? Certo che l'ho odiato. Ho odiato ogni istante di quel pompino forzato, tranne forse le conseguenze, quando lui mi ha abbracciata forte e mi sentivo leggera e incorporea, come su di giri. E forse non l'ho proprio odiato quando mi ha fissato con quegli occhi, scuri come quelli di un demone, e mi ha lodato con la sua voce profonda e vellutata che scivolava sulle mie orecchie come una carezza, rendendo la violazione della mia bocca non proprio piacevole, ma almeno sopportabile.

Cazzo. Credo di non aver odiato completamente quel momento.

Chiudo gli occhi e faccio un respiro lento e profondo, poi sbircio mio marito da sotto le ciglia. Nel sonno, gli uomini sembrano perlopiù rilassati e un po' fanciulli, ma non Alexei. I suoi lineamenti rimangono duri e spigolosi, la linea della sua mandibola è crudelmente scolpita come sempre. Anche le mezzelune scure delle sue folte ciglia non ammorbidiscono il suo aspetto; anzi, sottolineano gli zigomi affilati.

Sembra selvaggio e pericoloso… pericoloso quanto lo è davvero.

Rifletto con prudenza sull'idea di staccarmi dal suo abbraccio e sgusciare via, per nascondermi da qualche parte per le prossime ore. Ma dove? Lo yacht non è così grande. Non appena si sveglierà, mi troverà…

supponendo che io riesca a districarmi da lui senza svegliarlo.

Prima che io possa prendere una decisione o l'altra, il ritmo del suo respiro cambia, le sue ciglia si sollevano per rivelare le sue iridi oscure e ipnotiche, occhi che non sembrano minimamente assonnati o vitrei. Non stava dormendo davvero? Oppure passa sempre dal sonno alla veglia in una frazione di secondo, come una specie di robot futuristico?

Qualunque cosa sia, è completamente sveglio e mi fissa, rendendo vana qualsiasi idea di scappare e nascondermi.

Deglutisco di nuovo, sentendo il suo sapore in fondo alla gola, e il rossore ardente si diffonde sul mio collo e sul mio petto mentre una curva dalla sensualità pericolosa compare sulle sue labbra.

"Hai fatto un bel pisolino, bellezza?" chiede, la voce rauca per il sonno, sollevando una mano per spostarmi all'indietro i capelli, che senza dubbio assomigliano a un cespuglio di rovi, mi rendo conto con imbarazzo.

In generale, sono ben lungi dall'essere bella in questo momento, con il trucco mezzo svanito e l'alito che sa di sperma.

"Scusami" dico con voce tesa, infilando le mani tra i nostri corpi per premere sulle sue spalle. "Ho bisogno del bagno."

"Tra un momento" replica con una luce negli occhi, e prima che io possa reagire, mi stringe i capelli nel pugno e mi bacia. Insaziabile, profondo, come se non appagasse il suo desiderio da anni, non da poche ore.

Come se fossi la donna più sexy sulla faccia della terra, e non un pasticcio vivente.

Impotente, cedo al bacio. Il mio imbarazzo non tiene testa all'eccitazione che pulsa nel mio ventre. Dimentico il bisogno di lavarmi i denti e la faccia, del matrimonio che non voglio e del marito che mi ha costretta a sposarlo. Tutto quello che voglio è di più, e quando finalmente Alexei si ritrae, lo guardo sbattendo le palpebre, stupidamente delusa.

"Vai" dice, liberandomi per alzarsi a sedere e mettere i piedi fuori dal letto. La sua voce è più rauca di prima mentre si passa la mano sul viso, senza guardarmi. "Hai ancora bisogno del bagno, giusto?"

Oh, giusto. Frenando il rossore, scendo di colpo dal letto, indosso una vestaglia al volo e vado subito verso la destinazione che ho rivendicato. E cavolo, se ne ho bisogno, mi rendo conto mentre mi guardo allo specchio. Il fatto che volesse baciarmi nonostante il mio aspetto va oltre ogni immaginazione. Con macchie scure di mascara sulle guance, il rossetto sbavato, i capelli arruffati in alcuni punti, sembro una prostituta dopo una notte difficile. E in un certo senso, lo sono.

Alexei ha pagato un prezzo – in sangue e vite umane – per il sesso con me. Perché è su questo che si basa il nostro matrimonio, in definitiva: lui ha il mio corpo, come e quando vuole. E non riesco nemmeno a oppormi in modo decente.

Disgustata, distolgo lo sguardo dallo specchio e prendo uno spazzolino da denti. Perché non riesco a essere più forte quando si tratta di lui? Mi vorrebbe ancora, se dovesse costringermi a entrare nel suo letto ogni volta? Se il contatto con le sue mani sporche di sangue mi lasciasse fredda e indifferente, come dovrebbe essere?

Furiosamente, mi lavo i denti e sputo il dentifricio. Odio me stessa. Davvero. Perché mi interessa che aspetto ho in sua presenza? Se non altro, dovrei sforzarmi di suscitargli repulsione, di fare in modo che non sopporti l'idea di toccarmi... dato che sembro incapace di resistere al suo tocco. Questa compulsione di agghindarmi e rendermi più desiderabile non ha senso alla luce della mia situazione, eppure non riesco a impedire alle mie mani di prendere la spazzola e di frugare nei cassetti, pieni dei miei trucchi preferiti.

Senza queste cose, mi sento nuda. Più nuda di quando sono semplicemente senza vestiti.

Qualche minuto dopo, il mio viso e i miei capelli sono tornati alla normalità e mi sento meglio. Più padrona della situazione, anche se è un'illusione. Non ho alcun controllo, né voce in capitolo su quello che mi sta accadendo. È Alexei a prendere tutte le decisioni qui, al di là dei patti che posso cercare di stringere.

Dei colpetti sulla porta del bagno mi distraggono dai miei pensieri.

"Alinyonok?"

Il mio battito cardiaco accelera sentendo il vezzeggiativo che usa con me, pronunciato dalla sua voce profonda e rauca. "Sì?" grido, stringendo ancora di più la cintura della vestaglia.

"La cena è pronta" annuncia. "Vestiti, ci vediamo sul ponte."

La cena? Per quanto tempo ho dormito? Non ho visto orologi da nessuna parte, quindi non so che ore sono. In generale, non ho idea di quanto tempo sia passato da quando mi ha portata via dalla mia famiglia. Due giorni? Di più? Ormai, i miei fratelli staranno impazzendo e impiegando tutte le risorse a loro disposizione per rintracciarci.

Un basso dolore pulsante prende vita dietro il mio cranio, una pressione simile a quella di una morsa che stringe le tempie. Faccio una smorfia, mentre il terrore mi riempie lo stomaco. È un principio di emicrania, una di quelle brutte, non il mal di testa tensivo che ha minacciato di presentarsi stamattina, prima di colazione. Riconosco il suo inizio insidioso, e non posso fare a meno di chiedermi perché stia arrivando adesso e non ieri o prima del matrimonio, quando in ogni caso ero più ansiosa per il mio destino. Non che adesso non sia ansiosa; anzi, quello che è successo dopo la nuotata mi ha dimostrato che la gravidanza non è l'unica cosa da temere nel letto di Alexei... dove senza dubbio finirò dopo cena.

"Alina?" La sua voce assume un tono diverso. "Stai bene?"

Sembra preoccupato. In qualche modo, sa che qualcosa non va.

"Alina?" La maniglia della porta vibra violentemente. "Rispondi."

Mi riprendo da qualunque paralisi mi avesse

immobilizzata e raggiungo la porta per aprirla, prima che lui decida di farla a pezzi. "Sto bene" dico, aprendo la porta di scatto. Un'ondata di nausea smentisce le mie parole, mentre il dolore nel mio cranio si intensifica per il movimento brusco.

Mi prende per le braccia, i suoi occhi scuri che mi scrutano attentamente. "Sei pallida."

Se ne accorge comunque, nonostante il trucco? Forse non ho fatto un buon lavoro come pensavo. "Sono…" Deglutisco per respingere un altro attacco di nausea. "Ho uno dei miei mal di testa, tutto qua."

Impreca, le parole basse e aspre. "Allora devi sdraiarti."

Prima di poter replicare che non voglio tornare a letto, mi prende di nuovo in braccio e mi trasporta fin lì. Mi adagia sulla coperta con premura, come se le mie ossa fossero fatte di fiammiferi, poi raggiunge la porta con lunghe falcate ed esce nel corridoio.

Solo dopo che se n'è andato mi rendo conto che è uscito dalla cabina completamente nudo.

CAPITOLO 14

ALEXEI

"Che cazzo?" esclama Ruslan quando irrompo nel mio ufficio e apro il primo cassetto della scrivania, alla quale è seduto con il suo portatile. "Hai dimenticato qualcosa… i pantaloni, per esempio?"

"Ho bisogno della medicina di Alina" dico, conciso, mentre prendo le pillole e una bottiglia d'acqua. "E che Vika usi i suoi aghi voodoo. Dille di portare tutto ciò di cui ha bisogno nella nostra cabina." Mentre parlo, mi dirigo verso la cabina armadio, dove prendo il primo paio di jeans che trovo… anche solo per chiudere la bocca a mio fratello.

Il tono di Ruslan diventa serio. "Alina ha un altro dei suoi mal di testa?"

"Sì." E non stava fingendo. Il suo volto presentava quella carnagione pallida e leggermente verdognola che ricordo di aver visto alla festa per il suo diciottesimo compleanno.

"Cazzo." Ruslan balza in piedi. "Brutta notizia. Speravo che…"

"Anch'io."

Esco dall'ufficio e torno nella cabina dove ho lasciato Alina. Nel corso degli anni, ho consultato numerosi medici a proposito del suo disturbo, ma senza vedere la paziente in carne e ossa e svolgere un sacco di analisi, non potevano dirmi granché, anche se ho inviato loro ogni cartella clinica che sono riuscito a trovare. Quei documenti erano sorprendentemente scarsi. Era stata visitata agli esordi, e solo da un paio di medici diversi, per le sue emicranie, principalmente per la prescrizione degli antidolorifici che la mettevano fuori gioco.

È come se non le importasse di guarire.

Ma a me importa. La voglio sana e in buona salute e farò tutto il necessario per raggiungere quest'obiettivo. Il flacone di pillole nella mia mano è il farmaco per l'emicrania più potente sul mercato e mi è stato dato dal miglior neurologo di Mosca. Quando torneremo a casa, la porterò da lui per una valutazione approfondita, ma nel frattempo, questo dovrebbe alleviare i dolori più acuti. Non penso che l'abbia già provato, o almeno non le è mai stato prescritto ufficialmente, secondo le sue cartelle cliniche. E naturalmente, c'è sempre Vika.

A proposito, sento il rapido scalpiccio della mia chef e mi giro, vedendola correre verso di me nel corridoio, con una grande valigetta nera in mano.

"Sei pronta?" chiedo, e lei annuisce con gli occhi scuri e seriosi. "Okay. Entriamo."

Apro la porta della cabina e varco la soglia con Vika alle calcagna. Alina è sul letto, con indosso uno dei suoi peignoir da notte, un asciugamano bagnato sulla fronte. Mi maledico per non averglielo dato io prima di uscire. Un errore che non intendo ripetere.

Attraverso la stanza e poso le pillole e la bottiglia d'acqua sul comodino, prima di appollaiarmi sul bordo del letto accanto a mia moglie. "È già così forte?" le chiedo piano, a voce bassa e confortante. So per esperienza personale che i rumori e i mal di testa non vanno d'accordo, anche se nel mio caso non sono mai stati così debilitanti come i suoi.

Alina annuisce appena, a scatti, con le labbra serrate. Schiocco le dita in direzione di Vika, che si aggira nella cabina e abbassa le tende degli oblò per ripararci dagli ultimi raggi di sole del tardo pomeriggio. Ci raggiunge subito mentre lascio cadere due pillole sul palmo della mano.

"Ingoia queste" dico ad Alina mentre rimuovo l'asciugamano e infilo un braccio sotto la sua schiena minuta, per sollevarla delicatamente fino a una posizione semisdraiata.

Mi guarda, sbattendo le palpebre con aria solenne. "Che cosa sono?"

"Farmaci per l'emicrania. Apri."

Esita, ma poi decide di fidarsi di me. Obbediente, apre la bocca e poso le pillole sulla sua lingua, prima di porgerle la bottiglia d'acqua. Quando ingoia le pillole, la adagio sul cuscino e mi giro per guardare Vika, che ha già aperto la valigetta e disposto gli aghi in fondo al letto.

"Cos'è quello?" chiede prudente Alina, puntellandosi su un gomito per seguire il mio sguardo.

"Vika praticava l'agopuntura nella sua vita precedente" spiego. "Pensa di poterti aiutare con le emicranie."

"Ho fatto pratica con i migliori professionisti in Cina" aggiunge Vika, posizionandosi accanto a me con alcuni aghi in mano. "Se permette…"

Alina mi guarda, incerta. "Presumo…"

"Lasciala provare" dico. "Male non fa."

Non credo nei meridiani, nel Qi e in robe del genere, ma gli aghi di Vika hanno fatto miracoli per i miei mal di testa tensivi e alcune vecchie ferite dei miei uomini. Non saprò mai fino a che punto sia merito dell'effetto placebo, ma per come la vedo io, se funziona, funziona.

"Si sdrai e si rilassi" insiste Vika. "Non sentirà niente, promesso."

Alina sembra scettica ma obbedisce, e Vika si mette al lavoro. Nel giro di pochi minuti, mia moglie sembra un puntaspilli. Bellissimo, ma pur sempre un puntaspilli. Provo una stretta al petto mentre la guardo storcere la bocca per quella che dev'essere una fitta di dolore alla testa particolarmente forte e le stringo la mano, accarezzando la parte interna del polso con il pollice per distrarla. Vorrei fare di più. Vorrei essere io quello sdraiato che soffre al posto suo. Se solo…

"Ecco" mormora Vika, arretrando di un passo. "Adesso aspetti qualche minuto. Non si muova, okay?"

"Okay" mormora Alina, chiudendo gli occhi, e sento la tensione abbandonare di poco la sua mano mentre continuo ad accarezzarle il polso. "Ma torna presto per toglierli, per favore."

"Sì, certo."

Con pochi passi rapidi, Vika se ne va, chiudendo con attenzione la porta alle sue spalle.

CAPITOLO 15

ALINA

Succede lentamente, gradualmente, e poi a quanto pare tutto in una volta sola. La nausea scompare e il violento martellare nel mio cranio si allenta. Le fitte di dolore si attenuano fino a diventare una lieve tensione pulsante nelle tempie. E per tutto il tempo, sento il suo tocco: la sua mano, così grande e calda, il bordo ruvido e calloso del pollice che mi accarezza il polso, calmandomi e facendomi rilassare, scacciando in qualche modo il dolore.

È il farmaco? Sono gli aghi sottili che mi hanno trasformata in un porcospino? O forse è semplicemente il modo ipnotico in cui lui mi accarezza il polso, riscaldandomi in profondità, sciogliendo il nodo di ansia nel mio stomaco? Un nodo che si è formato quando ho iniziato a pensare ai miei fratelli che ci rintracciavano, mi rendo conto con un fremito.

"Ti senti meglio?" mormora Alexei, e io apro gli occhi, grata dell'interruzione. Non voglio pensare a cosa significhi, se a scatenare l'emicrania è stato il pensiero di essere salvata, quando in passato il fattore scatenante è sempre stata la paura di appartenere a lui.

"Sì, molto meglio" ammetto. "Quanto tempo è passato?"

Sorride, e per una volta tanto la curva cinica delle sue labbra esprime solo un caloroso piacere. "Una decina di minuti. Troppo presto per l'effetto del farmaco, quindi le competenze di Vika hanno colpito nel segno. Letteralmente."

Oppure il tuo tocco è magico.

Ma non lo dico. Non posso. Invece, ridacchio debolmente per il suo gioco di parole e chiudo gli occhi, sperando che continui a fare quella cosa sul polso… ed è così. Nel giro di poco tempo, anche il lieve mal di testa pulsante si placa e inizio ad avere sonno.

"Ho dimenticato di dirtelo… Le pillole possono creare sonnolenza" mormora Alexei, spostando il pollice verso il basso per massaggiarmi il palmo della mano, e sospiro di felicità mentre sento gli aghi che vengono rimossi dalla testa.

Vika è tornata? Non l'ho neanche sentita entrare. Forse ha imparato qualche mossa ninja in Cina, oltre all'agopuntura. No, aspetta, era in Giappone…

———

Mi sveglio con la sensazione di labbra calde che mi sfiorano le palpebre.

È un sogno? Voglio che sia un sogno…

"È ora di fare colazione, dormigliona" mormora la voce profonda di Alexei nel mio orecchio, e una guancia ruvida sfrega contro la mia mandibola mentre mi dà un lieve bacio delicato sulla tempia.

Non è un sogno, allora. O almeno, non uno dei sogni che ho fatto in passato. Di solito, i sogni che riguardano Alexei sono molto più oscuri... e infinitamente più erotici. Con riluttanza, apro gli occhi e vedo mio marito chino su di me, un sorriso tenero sulle labbra.

Sbatto le palpebre, aspettando che la curva della sua bocca assuma quell'aria familiare, crudele e sardonica, ma la tenerezza è ancora lì, così come la calorosità nei suoi occhi color onice.

Incapace di sopportarlo, distolgo lo sguardo e mi schiarisco la voce. "Colazione, hai detto?"

"Hmm-mm." Mi dà un altro bacio lieve e dolce sulla fronte, che rende il mio battito cardiaco irregolare. "Hai dormito più o meno per quattordici ore e saltato la cena, quindi volevo assicurarmi che mangiassi qualcosa, prima di replicare la giornata di ieri." Posa una mano sotto il mio viso, costringendomi a incrociare i suoi occhi. "Come ti senti? Hai strascichi di mal di testa, nausea, vertigini?"

"Io... no." Mi lascia sbalordita l'idea di aver dormito così tanto, ma per il resto mi sento benissimo. Forse ho anche un po' fame.

Come in risposta a quel pensiero, mi brontola lo stomaco.

Facciamo che ho *molta* fame... e sono molto

imbarazzata, soprattutto quando vedo il sorriso sul volto di Alexei.

Mi alzo a sedere, facendo del mio meglio per ignorare il rossore che senza dubbio sta comparendo sul mio volto. "La colazione è una bella idea. Lascia che mi prepari."

"Okay." Sta ancora sorridendo, con delle rughe vicino agli occhi scuri. "Ci vediamo di sopra tra poco."

Dopo avermi dato un altro bacio sulla fronte, esce dalla stanza.

———

SVOLGO LA MIA ROUTINE MATTUTINA A TEMPO DI record... perché ho fame, non perché sono ansiosa di vedere Alexei in qualsiasi modo, forma o veste. Mentre mi asciugo i capelli con il phon, mi chiedo ancora una volta perché mi preoccupi di avere un bell'aspetto in presenza di un uomo che non voglio sedurre, ma le mie mani applicano in automatico il rossetto e il mascara, poi indosso un reggiseno e un perizoma di pizzo e dalla cabina armadio prendo un abito di seta azzurro e un paio di sandali col tacco alto color carne.

Quando esco sul ponte, Alexei è vicino al parapetto di tribordo, intento a parlare con Ruslan. Sentendo i miei passi, Alexei si gira verso di me, e anche se l'ho visto meno di mezz'ora fa, sento la bocca secca per il forte impatto della sua presenza.

Stamattina indossa i soliti vestiti scuri: un'altra T-shirt nera e un paio di jeans scuri slavati. Con la brezza che gli arruffa i capelli neri e il sole che mette in risalto gli intricati tatuaggi sulle sue braccia possenti, sembra un pirata dei tempi moderni, un selvaggio signore dei mari.

Sono così concentrata su di lui da accorgermi a malapena di suo fratello mentre loro due si avvicinano. Il mio cuore corre nella gabbia toracica e il mio viso sembra in fiamme, nonostante lo spesso strato di crema solare sotto il trucco. Per nessun motivo in particolare, la mia mente torna a quello che mi ha fatto a letto ieri… e al fatto che oggi non c'è alcun accordo a impedirgli di prendersi quello che vuole.

Di fare tutto quello che gli pare con me.

Deglutisco a fatica e mi sforzo di sembrare composta mentre si ferma davanti a me, con Ruslan al suo fianco.

"Sei stupenda, Alinyonok" mormora mio marito con una luce negli occhi, e anche se ho già sentito una versione di questo complimento un milione di volte da ogni tipo di persona, un particolare calore invade il mio petto, la stessa sensazione che ho provato stamattina in sua presenza.

È un calore diverso e che al contempo si mescola alla tensione ardente che riempie il mio ventre, mentre si china per darmi un bacio possessivo sulle labbra.

"Suppongo che tu stia meglio" esordisce Ruslan in tono secco quando Alexei si raddrizza. Sbatto le palpebre, accorgendomi finalmente della sua presenza.

"Sì, molto meglio" rispondo, riuscendo a rivolgergli un sorriso freddo. "Grazie."

Risponde con un sorriso tagliente che mette in mostra i denti bianchi. "Lieto di saperlo. Adesso possiamo mangiare, per favore? Sto morendo di fame."

Senza aspettare una risposta, si dirige verso il tavolo sotto il tetto, e io e Alexei lo seguiamo. Nel frattempo, Alexei mi mette una mano in fondo alla schiena, mandando un caldo formicolio lungo la mia spina dorsale che cerco di ignorare.

Non appena ci sediamo, Vika compare con un carrello carico di ogni genere di pietanza. Scelgo la solita kasha di grano saraceno con frutta, mentre gli uomini riempiono i loro piatti di omelette all'aragosta, gamberi e verdure alla griglia. Li osservo arricciando il naso. Cibi così calorici e saporiti così presto… Nonostante la fame, il solo pensiero mi rivolta lo stomaco.

"Qual è il problema?" chiede Alexei, con gli occhi scuri che puntano subito su di me. È come se avesse un sesto senso nei miei confronti.

"Niente" rispondo, posando il cucchiaio. "Provo solo un po' di nausea, tutto qui. Probabilmente è l'effetto collaterale delle medicine di ieri."

"Può darsi" dice Alexei. "La prossima volta proveremo subito con gli aghi di Vika. O meglio ancora, può diventare una profilassi con Vika, per cercare di prevenire del tutto i mal di testa."

Ricomincia a mangiare, e anch'io, cercando di non respirare l'aroma pungente delle uova e dei frutti di mare. Mi stanno facendo salivare, e non in senso buono.

"Allora, come sta Slava?" chiede Ruslan, e io lo guardo, sbattendo le palpebre per la confusione finché non ricordo che anche lui è lo zio del bambino, come Alexei.

È ancora strano per me che io e Alexei siamo ugualmente legati al figlio di Nikolai... così come Ruslan.

"Bene" rispondo con cautela, prendendo un bicchiere di succo d'arancia. Non riesco a immaginare che Ruslan sia felice per il fatto che la mia famiglia abbia rapito suo nipote, anche se Nikolai, in quanto padre di Slava, aveva tutto il diritto di farlo. "Sta crescendo. Impara l'inglese."

"Alexei ha detto che è molto attaccato a tuo fratello e alla sua nuova moglie" osserva Ruslan. "Ha mai parlato di noi? Gli manchiamo?"

Guardo Alexei, che mi sta osservando attentamente. Anche lui vuole sapere la risposta.

"Non... ha parlato granché per un po' di tempo" ammetto. "Penso che, tra la morte di sua madre e il fatto di conoscerci, abbia avuto molte cose da metabolizzare alla sua tenera età." Mi mordo il labbro, guardando i due fratelli. "Avevate un rapporto stretto con lui?"

"Non come avremmo voluto" dice Alexei. "Dopo che Ksenia è rimasta incinta, si è trasferita a Krasnodar per vivere con la sorella di nostra madre. Vedevamo di rado lei e Slava, tranne durante le festività importanti." Le sue labbra si serrano. "Adesso mi rendo conto che probabilmente temeva che, se avessimo passato più tempo con suo figlio, avremmo capito chi era il padre di Slava."

"Non sospettavate della mia famiglia?" domando, e Ruslan scuote la testa.

"Col senno di poi, la somiglianza tra Slava e i tuoi fratelli avrebbe dovuto darci una prova della paternità, ma nessuno di noi ci ha pensato minimamente" spiega con una smorfia. "Per quanto ne sapevamo, Ksenia non aveva mai conosciuto nessun Molotov. Quando è rimasta incinta, ha detto che si trattava dell'avventura di una notte e non voleva portarla avanti, perché non aveva intenzione di stare con quell'uomo… perciò abbiamo lasciato correre."

"Un errore, come ti ho detto" dice Alexei, cupo. "Se avessimo insistito di più o almeno fatto un test del DNA…"

"Abbiamo rispettato i desideri di nostra sorella" sbotta Ruslan. "Come dovrebbe fare una famiglia."

I due uomini si guardano in cagnesco. A quanto pare, ho inavvertitamente riesumato una vecchia discussione. Probabilmente dovrei tirarmi indietro, cambiare argomento, ma un che di sconsiderato mi spinge ad andare avanti.

"E vostro padre?" domando. "Andava d'accordo con Slava?"

Pongo quella domanda guardando Alexei, perciò vedo che tutto il suo corpo si irrigidisce e che il suo viso si svuota di qualsiasi espressione.

"Conosceva a malapena il bambino" risponde Ruslan, e quando sposto lo sguardo su di lui, è inespressivo proprio come suo fratello. "Almeno non hanno trascorso molto tempo insieme prima che Ksenia morisse."

Bevo un sorso di succo d'arancia per avere il tempo di metabolizzare queste informazioni. Ci sono tante cose che non so di mio marito e della sua famiglia, e quello che so non è positivo. Sono cresciuta con uomini spietati, ma si dice che Boris Leonov – il padre di Alexei e Ruslan – rientri in una categoria a parte. Ho sentito dire di tutto, dagli omicidi di intere famiglie alle terribili torture dei suoi nemici, e se queste cose vengono apertamente sussurrate nelle nostre cerchie, sono a malapena la punta dell'iceberg.

Non riesco a immaginare un uomo simile che si comporta gentilmente con un bambino... E il comportamento di Slava con Nikolai all'inizio, chiuso e spaventato, aveva sollevato ogni sorta di sospetto in noi.

"Perché Slava è andato a vivere con tuo padre, allora?" chiedo, e anche se faccio del mio meglio per mantenere un tono neutrale, pronuncio la domanda come un'accusa. "Non c'era nessun altro che poteva prenderlo con sé dopo l'incidente di Ksenia?"

Per esempio, uno dei suoi zii, anche se ciò non garantisce che *loro* sarebbero stati gentili con il bambino. Slava non si è comportato come se avesse paura di 'zio Lyosha' durante lo scontro armato tra Alexei e mio fratello, ma è stata un'interazione troppo breve per trarre molte conclusioni sul loro rapporto.

Se non avessi prestato tanta attenzione, me lo sarei

perso: uno sfarfallio di qualcosa di così freddo e oscuro dietro la facciata inespressiva di Alexei che mi si è gelato il sangue nelle vene.

"Nostro padre sta morendo" dichiara in tono piatto. "Cancro al pancreas, come avrai sentito."

Sbatto le palpebre. Non ne avevo sentito parlare. Perché avrei dovuto…?

"I tuoi fratelli lo sanno. Hanno hackerato i dati della sua clinica" dice Alexei, rispondendo alla mia domanda implicita. I suoi occhi emettono un bagliore aspro. "Non te l'hanno detto?"

Scuoto la testa, sbalordita. Da quanto tempo lo sapevano? E perché non me l'hanno detto? A meno che… non sia stata un'altra occasione in cui i miei fratelli mi hanno trattata come una bambina, cercando di proteggermi da qualsiasi stress, proprio come quando non mi hanno detto che Alexei era negli Stati Uniti, a cercare me e Slava. Probabilmente pensavano che qualsiasi cosa sui Leonov potesse scatenare un altro dei miei mal di testa.

"Mi… mi dispiace." Pronuncio quelle parole in automatico.

Alexei abbaia una chiassosa risata. "No, invece."

Ha ragione. Non è così. Se c'è una persona che merita questo destino, è Boris Leonov. Ed è per questo che il singolare dolore nel mio petto non ha alcun senso. "Allora è per questo che Slava…?"

"È andato a vivere con lui dopo la morte di Ksenia?" interviene Ruslan. I suoi occhi grigi hanno la stessa luce severa di Alexei. "Hai indovinato. Era l'ultimo desiderio di nostro padre: conoscere meglio suo nipote."

"Un desiderio che non avremmo mai dovuto esaudire" afferma Alexei, succinto, e mentre guardo i due fratelli, mi rendo conto di non essere l'unica a pensare che Boris Leonov meriti la sua sofferenza.

È chiaro come il sole sui volti di Alexei e Ruslan.

Vorrei insistere per scoprire perché la pensano così, ma so che non risponderebbero alla mia domanda. Se le espressioni dei due uomini erano chiuse un momento fa, non è nulla rispetto alle loro facce adesso: ogni lineamento è freddo e severo, come scolpito nel ghiaccio. Soprattutto nel caso di Alexei.

"Quanto tempo ha vostro padre?" mormoro, guardando mio marito. Non dovrei provare compassione per lui, ma è proprio questo il dolore nel mio petto. Adesso lo riconosco, il dolore sordo e schiacciante che mi ricorda il modo in cui mi sono sentita quando ho saputo dell'incidente mortale di Ksenia.

È come se la perdita di Alexei, il suo dolore, fossero miei… e nel caso di suo padre, anche la rabbia oscura in sottofondo.

La stessa rabbia che provo ogni volta che penso a *mio* padre.

"Settimane" risponde Ruslan prima che ci riesca Alexei. "Forse meno. Il cancro si è già diffuso in ogni organo vitale. I medici dicono che è un miracolo se è ancora vivo."

Il mio sguardo è fisso su Alexei mentre Ruslan

parla, quindi mi accorgo della sua rigidità appena accennata, quasi impercettibile, dopo l'ultima frase. La mia stretta al petto aumenta. Anche se Boris Leonov è un mostro, è pur sempre il padre di Alexei, proprio come il mostro che mi ha messa al mondo.

Nonostante tutto, fino ad oggi, una piccola parte di me sente la mancanza del papà della mia infanzia, l'uomo che un tempo mi caricava sulle sue spalle e mi comprava la torta di compleanno quando la mamma non voleva. Quei ricordi, per quanto sporadici, brillano nella mia mente. Soprattutto dal momento che, per il resto del tempo, mio padre era indifferente con me, nella migliore delle ipotesi.

"Mi dispiace" ripeto, e stavolta dico sul serio. Non so per certo se Alexei abbia quei rari e luminosi ricordi di *suo* padre, ma credo di sì.

È assai probabile che, quando si tratta delle nostre famiglie e della loro follia, abbiamo molto in comune.

Dopo le mie parole, c'è un movimento sul viso di Alexei, e la maschera dura e inespressiva si incrina per un istante. "Grazie, Alinyonok" mormora e mette la mano sulla mia, coprendomi con il suo calore e la sua forza... con l'illusione confortante che stiamo bene insieme.

Ma non è così. Non siamo mai stati bene insieme.

Si è inserito nella mia vita con l'inganno e con la forza, e sta per fare di peggio.

Opponendomi ad ogni mio istinto, ritraggo la mano di scatto, ignorando la sua smorfia – come se l'avessi colpito – e l'improvviso dolore più acuto nel mio petto per la perdita del suo calore. Alexei non ha bisogno della mia compassione. Questo desiderio di confortarlo, di cancellare il suo dolore… è irrazionale quanto pericoloso. Non stiamo bene insieme solo perché le nostre famiglie sono incasinate e capisco cosa sta passando. Non è abbastanza per me per perdonare tutte le cose terribili che ha fatto e che intende fare.

"Sapete una cosa? Sono già pieno" mormora Ruslan, alzandosi in piedi. "Fai i complimenti a Vika da parte mia. Era tutto delizioso, come sempre."

Né io né Alexei gli diamo una risposta. L'aria tra noi vibra per una nuova tensione, che si intensifica solo quando Ruslan se ne va, lasciandoci seduti a tavola con gli occhi fissi l'uno sull'altra.

"Perché?" Le labbra di Alexei si muovono a malapena mentre parla, la sua voce è sommessa e carica di furia domata a stento. "Perché cazzo non vuoi dare una possibilità al nostro rapporto?"

"Perché non sei quello che voglio." È la verità, ma anche una mezza bugia. E rendendomene conto, decido di proseguire, di colpire ancora più forte, sebbene sia un'azione sconsiderata. "Tu, mio padre, i miei fratelli… siete tutti uguali. Vi prendete quello che volete senza rispetto per gli altri, senza tenere conto del prezzo da pagare o delle conseguenze." Il suo volto si adombra pericolosamente mentre parlo, ma mi sono spinta troppo oltre per fermarmi. "Hai manipolato la mia famiglia affinché accettasse questo fidanzamento contorto quand'ero solo una bambina, poi mi hai perseguitata per dieci anni. Hai ucciso ogni uomo che ha avuto la sfortuna di trovarmi attraente e hai ucciso Dio solo sa quante guardie di mio fratello. Mi hai costretta a venire a letto con te e a sposarti. E ti aspetti che io ti abbracci?"

"Sì." La sua risposta, schietta e intransigente, mi travolge come una palla da demolizione. Ogni traccia di tenerezza è sparita nel suo sguardo, buio come la notte. L'uomo che mi sta guardando è il terrificante stalker dei miei incubi, il demone che ha regnato supremo sulla mia vita dopo il nostro fatidico incontro di undici anni fa. I suoi occhi brillano come carboni in un camino mentre si china in avanti e dice in tono piatto: "È proprio quello che mi aspetto, dolcezza. Ed è esattamente ciò che succederà. A partire da oggi."

CAPITOLO 16

ALEXEI

Mi fissa con aria di sfida, il ritratto del coraggio a testa alta, ma vedo la paura sottostante. La paura di me, di quello che le farò.

Lo detesto. Odio che debba essere così tra noi, quasi quanto odio le parole che mi ha rovesciato addosso, a maggior ragione perché niente di quello che ha detto è falso. Sono *davvero* un bastardo spietato che si prende quello che vuole, e dal momento in cui l'ho vista, l'ho voluta. E lei, non importa quanto voglia negarlo, ha voluto me.

"Finisci di mangiare" le ordino mentre mi fissa, gli occhi di giada enormi sul suo volto pallido. "Avrai bisogno di energie."

La sua gola gorgoglia quando deglutisce. "Non ho fame."

"Mangia, altrimenti ti legherò e ti imboccherò io."

Le sue delicate narici si dilatano, tuttavia prende il

cucchiaio. La sua ciotola di grechka è quasi piena – ha mangiato solo qualche boccone finora – e la osservo mangiare lentamente, con riluttanza, gli occhi bassi.

Forse avrei dovuto imboccarla. Dio solo sa che l'ultima volta ci siamo divertiti entrambi.

Scommetto che, se fosse incatenata al mio letto, ci piacerebbe ancora di più.

Il sangue affluisce al mio cazzo al solo pensiero, l'eccitazione si mescola alla rabbia che ribolle piano dentro di me. Prima di Alina, non pensavo di essere interessato a questo genere di cose – una bella scopata intensa è sempre stata sufficiente a soddisfarmi – ma non posso negare che mi sia piaciuto usare la sua bocca senza tante cerimonie e il modo in cui lei si è aggrappata a me in seguito. Né posso negare il fatto che, nel corso degli anni, le mie fantasie su di lei sono diventate sempre più oscure. È come se la frustrazione per il fatto di non averla avuta per così tanto tempo abbia contaminato quello che una volta era un desiderio semplice e senza complicazioni, trasformandolo in un bisogno compulsivo di dominare e possedere, di schiacciare ogni briciolo della sua resistenza finché non sarà completamente mia.

È un bisogno che ho fatto del mio meglio per combattere, ma ora non più. Nonostante tutti i miei sforzi per essere paziente e accomodante, lei mi vede come un mostro, quindi tanto vale comportarmi come tale.

Non ha funzionato nient'altro.

Aspetto che la sua ciotola sia vuota e che abbia

bevuto ancora qualche sorso di succo d'arancia, prima di alzarmi e avvicinarmi a lei. "Alzati." La mia voce è severa mentre sposto la sua sedia. "Andiamo."

Si alza lentamente in piedi, il volto pallido mentre mi rivolge uno sguardo supplichevole. "Alexei…"

La prendo per un braccio. "Cammina, altrimenti ti trasporterò di peso."

La sento inspirare rapidamente, cercare qualche modo per rimandare l'inevitabile, e la mia risolutezza si consolida. Finora sono stato paziente e comprensivo, ma non mi ha portato da nessuna parte. Ogni volta che ho ceduto alle sue suppliche, me ne sono pentito, e anche lei.

Col senno di poi, avrei dovuto accantonare i miei scrupoli sulla sua giovinezza e prenderla quando aveva quindici anni, facendola mia in ogni modo, tranne quello fisico. Sì, avrebbe significato rubarla alla sua famiglia, probabilmente dando inizio a una guerra contro i Molotov, ma siamo finiti a questo punto comunque, dopo aver sprecato un decennio.

"Alexei, ti prego." Le trema la voce mentre la guido giù per le scale. "È solo mattina. Non si può aspettare? Ho… Ho ancora mal di testa."

"Allora qualche orgasmo potrebbe aiutarti."

Sta mentendo sul mal di testa, ovviamente; mi ha detto di stare benissimo meno di un'ora fa. Non sono sorpreso, ma stranamente deluso per il fatto che voglia usare un suo disturbo reale come scusa stereotipata. In ogni caso, non funzionerà. Aumento la stretta sul suo braccio mentre inciampa sull'ultimo gradino, poi la trascino in corridoio, verso la cabina, ignorando i suoi tentativi di ancorarsi con i tacchi.

Dopo aver aperto la porta, la tiro nella stanza e richiudo la porta alle nostre spalle. Solo adesso la lascio andare. Si allontana subito, il petto che si alza e si abbassa.

"Alexei..." La sua voce esprime una supplica disperata. "Non farlo, per favore."

"Non fare cosa? L'amore con mia moglie?"

"Amore?" Esplode in una risata acuta e amara. "È questo per te?"

Le sue parole mi feriscono come una mannaia. È amore? Non l'ho mai ritenuto tale. Ossessione, desiderio, bisogno, necessità compulsiva: è più facile attribuire quelle parole all'incantesimo dentro di me. Ma forse è questo l'amore, questo costante e onnipresente desiderio che rende impossibile immaginare la mia vita senza di lei.

Non che abbia importanza per lei, in ogni caso. Alina non prova la stessa cosa. Ma lo farà. Una volta che mio figlio sarà nel suo ventre, non avrà altra scelta se non accettare di essere mia. In primo luogo, però, devo assicurarmi che accada, e ciò significa smettere di rimandare.

Senza ulteriori indugi, inizio a spogliarmi. Le mie azioni sono metodiche, deliberate. Deve sapere che non sono un animale in preda alla lussuria, ma un uomo che si è prefisso un obiettivo, che non sarò influenzato, per quanto carinamente lei possa implorarmi. Non che la lussuria non c'entri niente.

Bramo Alina con un'intensità che mi spaventa addirittura. Tuttavia, ho il controllo della situazione, anche se quel controllo è appeso a un filo.

Rimane pietrificata, fissandomi mentre mi sbarazzo in fretta dei vestiti, gettandoli su una sedia vicina. Schiude le labbra, come se volesse dire qualcosa, ma nessuna parola emerge dalla sua gola. Invece, deglutisce visibilmente, e la punta della sua lingua saetta sul labbro inferiore, bagnandolo con un gesto rapido e fugace mentre il suo sguardo punta la mia erezione.

I miei testicoli si contraggono per un impeto di desiderio così intenso da togliermi il fiato. Quando riesco a parlare, la mia voce è velata e gutturale. "Togliti il vestito."

Alza gli occhi per incrociare i miei. "No." Le trema la voce. "N-non lo farò."

Mi sfugge una rauca risata. "È questo il gioco che vuoi fare, bellezza?"

Arretra di un altro passo. "Non è un gioco. Voglio che mi lasci in pace."

"Sai che non succederà." Il mio tono è conciliante, quasi dolce nonostante la brama dentro di me. Perché *è* un gioco, uno in cui vuole che io ricopra il ruolo del cattivo. E oggi sono felice di accontentarla.

Curvando le labbra in un sorriso oscuro, mi dirigo verso di lei con passo lento e determinato. Alina boccheggia e il suo sguardo corre in ogni angolo della stanza, come se fosse alla ricerca di un posto in cui scappare. Non c'è, ovviamente. La cabina non è piccola, ma neanche enorme, e l'unica uscita è alle mie spalle. E anche se, per miracolo, riuscisse a oltrepassarmi, siamo su una barca in mezzo all'oceano.

Credo che Alina arrivi alla stessa conclusione, perché i suoi occhi tornano sulla mia faccia, rassegnati ma in qualche modo ancora provocatori. "Ti odierò per questo" mi avverte, e rido tetramente, fermandomi davanti a lei.

"Non mi odi già?"

"Non così. Io…"

"Puoi spiegarmi i dettagli dopo."

E infilando le dita sotto il corpetto del suo bel vestito, lo strappo.

CAPITOLO 17

ALINA

Rimango a bocca aperta. Sollevo di colpo le mani per l'improvvisa violenza dei suoi movimenti, ma l'abito è già sparito e cade a terra in un groviglio di seta azzurra, lasciandomi addosso solo il perizoma, il reggiseno e i sandali col tacco alto. D'istinto, balzerei all'indietro, ma lui anticipa le mie mosse. Afferrandomi i polsi, mi attira a sé in una morsa ferrea, un sorriso di scherno ancora sulle sue labbra.

"Avresti dovuto toglierlo quando ti è stato chiesto, Alinyonok" dice, come un genitore che fa la predica a una bambina. "Non abbiamo una scorta infinita di abiti qui, lo sai."

"Allora smettila di strapparli!" Troppo tardi, mi rendo conto di aver abboccato. Faccio un respiro tremante, cercando di ignorare il furioso battito del mio cuore e le sue dita che, come catene di ferro intorno ai polsi, tengono i miei gomiti piegati e la metà inferiore del mio corpo contro il suo sesso, completamente eretto. "Ti ho già detto che non voglio..."

Mi interrompe con un bacio. Le sue labbra sono rozze, la sua lingua quasi violenta mentre si fa strada dentro la mia bocca, eppure l'eccitazione inonda il mio corpo, rendendo turgidi i miei capezzoli e ammorbidendo il mio ventre. Occorre uno sforzo sovrumano per non sciogliermi contro di lui. Invece, inizio a lottare con tutte le mie forze, frenando l'ondata di desiderio che minaccia di sommergermi, combattendo contro me stessa piuttosto che contro di lui.

È una lotta che sono destinata a perdere, ma mi soddisfa comunque il modo in cui Alexei sobbalza quando affondo i denti nel suo labbro inferiore e percepisco il sapore ferroso del sangue. È sicuramente il *suo* sangue e non il mio stavolta, e questa consapevolezza mi dà un profondo, oscuro piacere. L'ho marchiato come lui ha marchiato me, gli ho trafitto la carne come lui ha trafitto la mia. Magari non avrò preso la sua verginità, ma adesso la mia impronta è sul suo corpo, anche se il morso non lascerà cicatrici.

Animata da uno strano impulso, succhio il suo labbro ferito, estraendo altro sapore metallico. Con un basso ringhio gutturale, lui libera i miei polsi per afferrarmi dietro la nuca con una mano e il mio sedere con l'altra, spingendomi contro la sua enorme erezione mentre i suoi denti affondano nel *mio* labbro inferiore. Uso la mia rinnovata libertà per piantare le unghie nella sua schiena, anche se avvolgo la gamba sinistra dietro il suo bacino, sfregando il clitoride dolorante contro la sua erezione gonfia, spinta da un bisogno ardente che sfida ogni logica. Il pizzo sottile del mio perizoma è l'unico ostacolo tra i nostri corpi nudi ed è già inzuppato, bagnato dalla prova del mio desiderio. In circostanze diverse, sarei mortificata, ma non c'è spazio per l'imbarazzo nell'inferno erotico che mi consuma. La tensione sta già aumentando nel mio ventre, ogni movimento dei miei fianchi sfrega il clitoride contro la sua erezione, portandomi più vicina all'orgasmo anche se le nostre bocche rimangono incollate in una battaglia di denti, lingue e labbra. La stessa battaglia che stanno combattendo i nostri corpi.

È una battaglia in cui ci può essere solo un vincitore, e non sono io.

O forse sì. Forse il piacere incandescente che esplode nei miei nervi è una vittoria, non una sconfitta, penso con la mente annebbiata, mentre i miei muscoli interni si contraggono e si rilassano in una cascata di brividi lungo la schiena e le mie dita premono nei muscoli tonici delle sue spalle. In un certo senso, ho rubato questo orgasmo, l'ho preso da sola invece di raggiungerlo con la forza di qualcun altro. Ho usato il suo corpo come...

L'improvviso strattone sul mio perizoma, ora rotto, mi distrae dal mio piacere confuso e torno alla realtà. Boccheggiando, mi stacco dal suo bacio divorante e abbasso la gamba, spingendo sulle sue spalle con tutte le mie forze, mentre la chiara consapevolezza di quello che stiamo facendo penetra nel mio cervello, saturo di serotonina. Solo che è troppo tardi e mi sta spingendo contro una parete, afferrandomi dietro le cosce per sollevarmi e divaricarmi le gambe.

Prima che io possa dire una sola parola, la punta larga e liscia del suo cazzo preme contro la mia apertura bagnata, entrando con la forza nel mio corpo. Non è rude ma nemmeno gentile, e mi sfugge un gemito di dolore quando la sua grossa erezione mi dilata al massimo. Sono ancora indolenzita dopo l'altro giorno, non abituata alla sua enorme circonferenza, e le mie unghie premono nella sua pelle quando si ferma a metà, premendo con la fronte sulla mia testa. Sento i suoi bruschi respiri mentre ogni muscolo del suo corpo massiccio freme nello sforzo di stare fermo.

"Stai bene?" La sua voce è rauca e tesa. "Ti faccio male?"

Sì! Basta! È quello che dovrei dire, ma in qualche modo, la parola che esce dalla mia gola, senza fiato, balbettante, è: "N-no."

Vorrei ritrattare subito, ma non posso. Aggrappata alle sue spalle, sento il brivido sulla sua schiena quando rinuncia al rigido autocontrollo, poi i suoi fianchi spingono contro di me come un pistone, il suo sesso duro mi trafigge così profondamente da togliermi l'aria nei polmoni. Per un secondo, la dilatazione è eccessiva da sopportare, ma poi Alexei si ritrae e mi trafigge di nuovo, schiacciando il bacino contro il mio, e il dolore pungente diminuisce, il disagio si trasforma in una familiare tensione dolorosa, una tensione dolcemente tormentosa che si intensifica ogni volta che lui arriva in fondo.

"Cazzo" gracchia contro i miei capelli. "È così bello." Ogni parola è sottolineata da una stoccata profonda e intensa che mi spinge più in alto sulla parete e mi strappa un gemito gutturale.

'Bello' non è il termine adatto. Mentre stabilisce un ritmo incalzante e frenetico, mi sembra di essere sul punto di morire, come se mi stesse letteralmente facendo impazzire con il sesso. Roteo gli occhi all'indietro e chiudo forte gli occhi, mentre la mia mente si svuota di tutto, tranne delle sensazioni violente che scuotono il mio corpo. So che c'è qualcosa che non va in questo, qualcosa che dovrei combattere, ma non riesco a capire cosa. C'è solo Alexei, che penetra la mia carne, riempiendomi così profondamente che potrei non essere mai più completa senza di lui.

L'orgasmo è come un'eruzione di lava dentro di me, che risale sotto una pressione enorme, riempiendomi di calore finché non raggiungo un punto di non ritorno. Finché non esplodo e vado in mille pezzi, gridando il suo nome con voce strozzata, i muscoli interni che si contraggono intorno a lui, mungendo il suo cazzo mentre martella dentro di me più velocemente e più forte. Verrà anche lui da un momento all'altro, lo sento, e da qualche parte nella mia mente emerge la voce della sanità mentale, prima sommessa, poi più alta e insistente.

I miei occhi si spalancano mentre ricordo cosa non

potevo permettergli di fare. "Fermati!" La mia richiesta è debole, senza fiato, e lui non mi sente, oppure mi ignora. Ritento con maggior vigore, afferrandolo per i capelli per tirare indietro la sua testa. "Alexei, per favore... non venire dentro di me!"

I suoi occhi incrociano i miei, scintillanti iridi scure, selvagge e confuse. Si è spinto troppo oltre per fermarsi, anche volendo. Ma poi la comprensione balena sul suo volto teso e il suo ritmo frenetico rallenta.

Emetto un sospiro di sollievo, allentando la stretta sui suoi capelli.

Mi ha sentita.

Si fermerà.

Lui...

Serra i denti, i suoi occhi diventano severi e simili a gemme, poi mi penetra così profondamente che grido mentre colpisce la cervice. Il suo sguardo continua a fissarmi quando Alexei è scosso da un brivido e, completamente dentro di me, inizia a venire.

CAPITOLO 18

ALEXEI

Ogni volta che ho ceduto alle suppliche di Alina, me ne sono pentito. E me ne sarei pentito anche stavolta, o così mi dico mentre ascolto il suo pianto dopo una delle esperienze più incredibili della mia vita. La sto tenendo tra le mie braccia, ma non importa. Il divario tra noi è enorme, incolmabile. Anche se è nuda tra le mie braccia, con il viso bagnato e incollato al mio petto, potrebbe anche essere rinchiusa nella proprietà di suo fratello a mille miglia di distanza, irraggiungibile, intoccabile.

Sta piangendo in silenzio, senza drammi o accuse, eppure ogni lacrima che cade sulla mia pelle brucia come cera calda. Mi sembra di avere un peso che mi stringe il petto, ogni respiro richiede uno sforzo.

Non pensavo che sarebbe stato così.

Non sapevo che la sua infelicità mi avrebbe dato l'impressione che coltelli da burro mi facessero a pezzi.

"Fermati" mi ha chiesto, e io non l'ho fatto. Perché in quel momento, pensavo solo a riempirla con il mio seme, a legarla a me nel modo più primitivo possibile. È quello che avevo deciso, quello che secondo me era meglio per entrambi. Allora perché mi sento come se avessi mandato a monte tutto? Come se avessi appena rotto qualcosa di bello e fragile? Non c'era niente da rompere. Lei diceva di odiarmi comunque. Eppure... Chiudo forte gli occhi, ascoltando il suo pianto silenzioso, e quando preme contro il mio petto per liberarsi, la lascio andare.

Afferra la vestaglia e corre in bagno. Guardo la sua figura snella scomparire lì dentro, ogni muscolo del mio corpo teso nonostante l'orgasmo devastante di poco fa. Voglio andare da lei, per dirle... cosa? Cosa cazzo posso dirle?

Che non lo farò più?

Sarebbe una menzogna.

Che mi dispiace?

Mi riderebbe in faccia.

Porca puttana.

Mi giro e prendo a pugni un cuscino.

Non è abbastanza. Ho bisogno di qualcosa di più solido. O di *qualcuno*.

Tutto qui. Balzo in piedi e indosso di fretta i pantaloni prima di uscire dalla cabina. Ruslan sarebbe dovuto andare a casa, ormai, ma dal momento che è ancora qui, tanto vale che si renda utile.

Lo trovo nella sua cabina, sta schiacciando un

pisolino. Quando entro, sbadiglia e si alza a sedere, sfregandosi la faccia.

Gli lancio un paio di jeans. "Alzati, cazzo."

Mi osserva con maggiore attenzione e ogni traccia di sonno svanisce dal suo volto. "Cos'è successo?" Scende dal letto e infila i jeans senza preoccuparsi dell'intimo. Come me, dorme nudo. "Hai…?"

"Sul ponte. Subito." Mi giro e mi dirigo verso le scale. Qualche secondo dopo, Ruslan mi raggiunge e saliamo insieme.

Deve aver intuito il mio umore, perché non fa altre domande, e quando raggiungiamo il ponte, si mette subito sulla difensiva, sollevando i pugni per ripararsi il viso mentre sferro il primo pugno.

Combattiamo in silenzio, gridando solo quando c'è un contatto fisico. È mezzogiorno e il sole in cielo è brutale, ma a nessuno di noi importa un accidente. Siamo abituati a combattere con temperature inferiori allo zero e con il caldo torrido, sotto la pioggia e nella neve, sui tetti e con le ginocchia nel fango.

Se c'è una cosa giusta che ha fatto nostro padre è stata assumere dei soldati Spetsnaz per addestrarci dall'età dell'asilo in poi. Non l'ho apprezzato durante i primi anni, ma adesso una bella lotta intensa e altre forme di sforzo fisico sono un modo per mantenere il mio equilibrio. È così che sono stato in grado di superare tutti quegli anni in attesa della mia sposa senza impazzire.

È ironico il fatto che adesso io abbia lei, ma mi serva ancora questa valvola di sfogo.

Anzi, ne ho bisogno più che mai.

"Allora, cos'è successo?" mi chiede Ruslan mentre ci godiamo due birre fredde all'ombra. Abbiamo evitato quasi completamente i colpi in faccia, ma dal collo in giù gli farà male, e anche a me. Tuttavia, la forte pressione nel mio petto è sparita per il momento, sostituita da un picco di euforia post-battaglia.

"Non sono affari tuoi" replico, premendo la bottiglia fredda sul mio viso, madido di sudore. Non ho intenzione di confidargli i problemi tra me e mia moglie. Mi risponderebbe che me l'aveva detto.

Lui non molla l'osso. "È per Alina?" insiste. Digrigno i denti mentre la tensione di cui mi ero sbarazzato si ripresenta, irrigidendo le mie spalle. "Ha fatto qualcosa? Detto qualcosa?"

Fanculo. Sollevo la bottiglia e tracanno il resto della birra, prima di metterla sul tavolo con un tonfo. "Grazie per l'allenamento."

Se non me ne vado subito, ne faremo un altro e non andrà a finire con delle birre fresche.

———

L'ACQUA DELLA DOCCIA È IN FUNZIONE QUANDO TORNO in cabina dopo essermi lavato rapidamente e cambiato nel mio ufficio. Alina è ancora in bagno dopo – mi acciglio, guardando il mio telefono – quasi un'ora. Cosa diavolo sta facendo lì dentro? Sono tentato di bussare e chiederle di aprire la porta del bagno, ma poi ricordo le sue lacrime silenziose.

Cazzo.

Mi passo una mano sul viso, sperando di cancellare quel ricordo dal mio cervello. Non del sesso – avrò impresse quelle immagini per sempre – ma delle conseguenze. Del fastidioso e illogico ronzio del senso di colpa nel mio petto. E c'è qualcos'altro, un singolare disagio che non riesco a interpretare e che, ora che ci penso, non sembra direttamente collegato alle lacrime di Alina.

È come se qualcosa stesse tirando una corda nell'angolo della mia mente, facendola vibrare non in sintonia. A volte, è la sensazione che provo in presenza di un pericolo. È questo? C'è qualcosa che ho trascurato quando ho catturato Alina nella proprietà di Nikolai? Mi sono forse lasciato alle spalle qualche indizio che potrebbe condurre i suoi fratelli a noi?

Maledizione.

Lasciando Alina alla sua lunga doccia, alzo i tacchi e torno nel mio ufficio.

Non ho paura dei Molotov. Anche se io e Alina fossimo a Mosca, a fare una sfilata all'aperto, non riuscirebbero a portarmela via. Ma ci sarebbe un bagno di sangue. Un bel bagno di sangue, e non è quello che voglio dopo aver appena celebrato il mio matrimonio. È già abbastanza brutto il fatto che io sia dovuto ricorrere alla violenza affinché la mia sposa onorasse il nostro accordo di fidanzamento. Quello di cui io e Alina abbiamo bisogno adesso è del tempo per noi, una lunga e piacevole luna di miele durante la quale conoscerci senza le interferenze della sua famiglia, soprattutto perché mi guarderebbe storto se uccidessi qualche suo parente. Ecco perché ho scelto questo yacht per nascondermi per un po', ma il piano funzionerà solo se i suoi fratelli non riusciranno a trovarci.

A differenza di Mosca o delle altre roccaforti, qui non ho le risorse per combattere il loro esercito.

Accedo al mio computer e invio un messaggio alla nostra squadra di sicurezza a Mosca. Stanno tenendo sotto controllo i Molotov, quindi se i fratelli di Alina avessero in mente qualche mossa, dovrei saperlo abbastanza presto. Dico anche ai nostri hacker di ricontrollare che non ci siano tracce cartacee o online in grado di collegare questa barca a noi o di tradire la sua posizione. Poi tamburello con le dita sulla scrivania, ripercorrendo ogni ricordo del mio attacco alla proprietà di Nikolai, cercando di pensare alla fonte di questa inquietudine.

Nessuno si è avvicinato abbastanza da piazzarmi addosso un dispositivo di tracciamento. Alina non ne ha; ho controllato visivamente ogni centimetro della sua pelle mentre era priva di sensi e usato un rilevatore sul suo corpo per sicurezza. Mi sono anche sbarazzato dei suoi vestiti e di qualsiasi altra cosa potesse nascondere un localizzatore GPS.

Allora di che si tratta? Perché mi sento come se il laser di un cecchino fosse puntato sulla mia fronte?

Mi appoggio contro lo schienale e libero un sospiro di frustrazione.

Che cazzo mi sfugge?

Non mi viene in mente niente, quindi balzo in piedi e torno in cabina, dove spero che mia moglie abbia finito di fare la doccia.

CAPITOLO 19

ALINA

Sono ancora rannicchiata per terra, sulle piastrelle della doccia, con le ginocchia al petto, quando l'acqua bollente diventa moderatamente calda e poi a malapena tiepida. La sensazione è sgradevole, quindi mi alzo e chiudo l'acqua prima che si raffreddi completamente.

Immagino di aver sfruttato al massimo lo scaldabagno di questo yacht.

La buona notizia è che sono riuscita a smettere di piangere. La cattiva notizia: vorrei ancora lavarmi dentro e fuori con la candeggina, anche se so che sarebbe inutile. Se gli spermatozoi di Alexei gli assomigliano, sono già arrivati a destinazione e stanno costringendo il mio povero ovulo a un'unione indesiderata.

Cosa diavolo mi è passato per la testa? Arrendermi a lui? Partecipare con tanta trepidazione, in un modo così sfrenato, alla mia stessa distruzione? O almeno, fino all'ultimo momento, quando ho recuperato abbastanza sanità mentale per dirgli di no – cosa che ha ignorato, ovviamente.

Ha confessato quali sono le sue intenzioni con me, chiaro come il sole. Perché ho pensato di poterlo influenzare con una supplica all'ultimo momento? Una supplica che sarebbe stata molto più persuasiva se non fossi venuta intorno al suo cazzo.

Il mio viso avvampa mentre mi avvolgo in un asciugamano e mi giro verso lo specchio. Odio la donna che mi guarda nel riflesso, con i suoi occhi rossi e gonfi e la pelle arrossata e a chiazze. Vorrei cancellarla dalla faccia della terra, quindi mi metto al lavoro, usando fondotinta, mascara, rossetto, tutto quello che serve per nascondere quanto lei si senta ferita e incasinata dentro di sé. Poi passo al phon e alla piastra, e quando i miei capelli sono asciutti e lisci, sono tornata più o meno la solita Alina, anche se sempre un po' scossa.

Alexei è seduto sul letto quando esco dal bagno. Anche adesso, indosso solo un asciugamano, e il suo sguardo ardente non aiuta neanche un po' il mio equilibrio. Vorrei prenderlo a schiaffi e, al contempo, scappare e nascondermi.

Devo ammettere che non ha un'aria compiaciuta. Invece, la sua espressione è chiusa, i suoi occhi indecifrabili, a parte il calore che si accende nelle loro profondità scure.

Ignorandolo, raggiungo la cabina armadio con passo felpato e prendo il primo vestito che trovo, a quanto pare un prendisole di cotone giallo acceso che non rispecchia in alcun modo il mio umore. Il tulle nero sarebbe molto più appropriato, ma non voglio rischiare che Alexei entri nella cabina armadio dietro di me, quindi mi accontento della prima opzione. E siccome non posso farne a meno, infilo un paio di sandali bianchi con la zeppa, più casual delle scarpe che indosserei normalmente, ma che si abbinano all'aria estiva del vestito. Aggiungo una collana di perle e degli orecchini di perla a bottone: perché no? Facciamo finta di essere due innamorati che vanno a un picnic dell'oratorio.

È in piedi quando esco, con la sua figura grande e grossa, minacciosa e imponente che mi fa sudare le mani e battere il cuore più velocemente.

Dio, quanto lo odio. Sul serio.

A testa alta il più possibile, provo a passargli accanto.

Mi prende per un braccio e mi costringe a guardarlo. "Stai bene?" La sua voce profonda è seria e sommessa. I suoi occhi scrutano il mio viso.

Se non lo conoscessi meglio, penserei che è preoccupato.

"Cosa ti importa?" Cerco di divincolarmi dalla sua stretta. "Hai avuto quello che volevi. Adesso lasciami stare."

Non mi libera. Socchiude gli occhi e le sue labbra si curvano in quel sorriso oscuro che ho imparato a conoscere bene. "Sai che non posso, Alinyonok. Altrimenti l'avrei fatto tanto tempo fa."

Non posso mettere in discussione la sua logica contorta.

Chiudo gli occhi, sconfitta, e quando li riapro, ha liberato il mio braccio per stringermi la mano con il suo grande palmo.

"Perché non andiamo sul ponte?" suggerisce, e il suo sorriso si ammorbidisce mentre mi guarda. "Nel pomeriggio dovrebbe piovere, quindi è la nostra occasione per goderci il sole."

Scopro i denti in un sorriso privo di divertimento. "Non hai paura che io mi incenerisca o qualcosa del genere?"

"Oh, ti ricoprirò di crema solare, non preoccuparti."

Ho uno strano tuffo allo stomaco, quasi nauseante.

No. Non posso essere eccitata in questo momento. Non dopo che mi ha appena fatto quella cosa orribile. Dovrei sentirmi disgustata al pensiero che le sue mani mi tocchino, ma a quanto pare il mio corpo ha altre idee.

D'altro canto, forse ho mangiato qualcosa di strano e provo davvero la nausea.

Stacco la mano dalla sua. "Userò da sola la crema solare, grazie."

Senza aspettare la sua risposta, torno in bagno e spalmo uno spesso strato bianco su ogni centimetro della mia pelle scoperta, senza lasciarlo assorbire del tutto, così Alexei lo vedrà. Lo spalmo anche in faccia, anche se poi fremo di fronte al mio aspetto: sembro il fantasma di una geisha.

La crema solare minerale *non* va bene con il trucco.

Frenando l'istinto di lavarla via e sistemare il mio viso, torno in camera, dove Alexei approva il mio strato bianco con un cenno del capo.

"E la tua crema dov'è?" chiedo, giusto per fare la difficile.

Non mi interessa se si prende un cancro alla pelle, davvero.

Si stringe nelle spalle in un modo tipicamente maschile. "Non ne ho bisogno. Ho la pelle più scura della tua, quindi..."

"Quindi ti dà una protezione SPF5, splendido, e l'indice UV è probabilmente superiore a 10 in questo momento." Incrocio le braccia. "Non vado di sopra se non ti proteggi anche tu."

Inarca le sopracciglia e un sorriso gli tende le labbra. "Ti comporti già come una moglie, eh?"

Che si fotta. Può anche diventare un pollo arrosto, per quanto mi riguarda. Anzi, spero che gli venga il cancro alla pelle e muoia. Spero che succeda domani, così potrò gettare nell'oceano il suo corpo arso dal sole e nutrire gli squali con un barbecue umano. O meglio ancora...

"Okay, lo farò" dice, interrompendo le mie fantasie assetate di sangue, e con mio shock, va in bagno.

Quando esce, un momento dopo, il suo viso, il suo collo e le sue braccia hanno una tipica sfumatura bianca, molto più evidente sulla sua pelle tatuata. Ci sono anche delle macchie bianche sul colletto della sua T-shirt nera. Dovrebbe sembrare ridicolo, ma non è così.

È sempre l'uomo più sexy e pericoloso che abbia mai visto.

Con un certo sforzo, distolgo lo sguardo. "Lasciami prendere un cappello e gli occhiali da sole."

Vado a recuperare gli oggetti in questione nella cabina armadio, un cappello di paglia a tesa larga e un paio di occhiali oversize, e mi dirigo verso la porta. Lui mi segue, raggiungendomi subito quando usciamo in corridoio. Camminiamo in silenzio, e non posso fare a meno di guardarlo mentre saliamo le scale. Per una volta tanto, non è concentrato su di me con la solita intensità estrema. Invece, sembra perso tra i suoi pensieri, con le sopracciglia scure piegate in un lieve cipiglio.

È successo qualcosa? Se sì, quando? Come?

La curiosità mi divora, ma non faccio domande. Non voglio iniziare una conversazione con lui, fingere che tutto sia perdonato e dimenticato. Perché non è così. Quello che mi ha fatto oggi è di gran lunga peggiore dell'attacco alla proprietà di Nikolai per rapirmi. E anche dell'organizzazione del nostro fidanzamento, anche se non capisco del tutto il perché.

No, non voglio parlare con lui se posso evitarlo. Magari non riesco a negargli il mio corpo, ma conservo ancora il controllo della mia mente.

"Ecco i due piccioncini" commenta una voce familiare quando usciamo sul ponte. Mi giro e vedo

Ruslan che si arrampica sulla scaletta di tribordo. Evidentemente si è tuffato da poco nell'oceano, perché è bagnato fradicio e indossa solo un costume da bagno a pantaloncino.

Un diavolo si impossessa di me, e all'improvviso so come vendicarmi di Alexei. Guardo spudoratamente il petto nudo di Ruslan e mi umetto le labbra, come se fossero secche. È un bel petto, di sicuro, ma mi suscita la stessa reazione di una statua di marmo. Mio marito però non lo sa. È incredibilmente geloso e possessivo, e se lo conosco un po'…

"Vai a tuffarti. Subito" ringhia a suo fratello in un tono che non ammette repliche, poi mi prende per un braccio e mi fa girare verso di lui.

"Cosa?" chiedo con aria innocente, sbattendo le ciglia per sicurezza mentre sento il rumore di un tonfo nell'acqua. Immagino che Ruslan sappia quando dare retta a qualcuno. "Cosa c'è che non va?" continuo nello stesso tono confuso.

Non so perché io stia cercando di provocare il mio nuovo marito. Ricordo la sua reazione terrificante l'ultima volta che ha pensato che prestassi troppa attenzione a Ruslan, e non voglio ripeterla. Ma allo stesso tempo, voglio scagliarmi contro Alexei, fargli provare almeno un briciolo della devastazione che mi ha causato.

La sua espressione è cupa come la notte, le sue narici si dilatano mentre mi fissa. Con fatalismo, aspetto che mi dica che appartengo a lui, che devo avere occhi solo per lui. Aspetto che mi dia prova del suo dominio su di me nel modo più primitivo possibile, ma non lo fa. Invece, fa un paio di respiri profondi e libera il mio braccio.

"Non farlo" dice in tono piatto. "Non farlo e basta."

Sbatto le palpebre, troppo sbalordita per rispondere mentre va all'ombra del tetto e prepara due sdraio, lontano dal bagliore del sole del pomeriggio. Come se fosse stato convocato telepaticamente, Larson compare con due bevande ghiacciate alla frutta, che posa sul tavolino tra le due sdraio.

"Grazie" gli dice Alexei, togliendosi la T-shirt e allungandosi su una sdraio. Larson annuisce prima di scomparire per fare qualunque cosa faccia un capitano.

Seguo l'esempio di Alexei, facendo del mio meglio per tenere gli occhi lontani dal suo petto nudo mentre mi sistemo comodamente sulla mia sdraio. Ormai, ho visto e sentito ogni centimetro del corpo solido di Alexei, quindi non dovrebbe essere *così* affascinante. Ma lo è, almeno se devo basarmi sulle lievi pulsazioni di calore tra le mie cosce. Incrocio le gambe, cercando di non stringerle, e chiudo gli occhi perché questo è il modo migliore, se non l'unico, per impedirmi di mangiarmi con gli occhi tutti quei muscoli e tatuaggi.

Alexei è taciturno accanto a me. Solo il rumore delle onde che lambiscono delicatamente lo scafo rompono il silenzio, e quando lo guardo da sotto le ciglia, vedo che anche lui ha chiuso gli occhi, anche se le sue sopracciglia sono sempre corrugate.

Non ho alcuna intenzione di rivolgergli la parola, davvero, ma vedendolo così, che si finge rilassato quando è teso come me, è impossibile rimanere in silenzio.

"Non ti importa che io non voglia tutto questo?" La mia voce è pacata e amara. Non so perché stia sollevando l'argomento quando la risposta è ovvia: a lui non importa *niente*. Ma la mia lingua sembra funzionare da sola.

Apre gli occhi e si puntella su un gomito, guardandomi in faccia. "Cosa *vuoi*?" Il suo sguardo esprime una genuina curiosità.

"Che mi lasci in pace!"

Fa un gesto brusco e sprezzante, come se avessi appena detto delle sciocchezze. "Che obiettivi hai nella vita? O almeno, obiettivi di carriera? Se avessi tutta la libertà del mondo, cosa faresti?"

Lo fisso, ammutolita di fronte a quella domanda. Nessuno me l'aveva mai posta. Con la mia eredità, non avrò mai bisogno di alzare un dito per lavorare, e tutti, compresi i miei fratelli, presumono che io non lo faccia. Per il mondo, sono una ragazza dell'alta società, carina ma sostanzialmente inutile, e in un certo senso ho accettato quel ruolo, focalizzando tutte le mie energie mentali sul cercare di *non* essere qualcosa: la sposa di Alexei. Eppure, ho sempre avuto un desiderio, un sogno d'infanzia che ho confessato solo a Konstantin.

"Io..." Mi umetto le labbra. "Credo che svilupperei videogiochi."

"Ah." Non sembra così sorpreso come avrei voluto. "Allora perché non l'hai fatto? Hai finito il college tre anni fa, ormai. È un sacco di tempo per iniziare qualsiasi percorso di carriera tu voglia."

Perché no, in effetti? Ripenso agli anni dell'università, un periodo sfocato in cui i mal di testa mi impedivano di passare molto tempo al computer. È stato allora che ho rinunciato al mio sogno? O in seguito, quando gli obblighi sociali mi hanno sballottata da una festa all'altra, da una raccolta fondi all'altra, da una vacanza all'altra, cercando nel frattempo di evitare l'uomo pericoloso che gettava un'ombra sulla mia vita? Solo quando ho lasciato Mosca per la solitudine e la bellezza naturale della proprietà di Nikolai tra le montagne mi sono ricordata quanto, una volta, mi sarei divertita a studiare programmazione e a creare le storie visive che sono i videogiochi.

L'Alina quattordicenne si vergognerebbe di me, e in questo momento, anch'io.

"Ho iniziato a lavorare a un gioco" ammetto, distogliendo lo sguardo dagli occhi penetranti di Alexei. "È piccolo e semplice, ma..."

"Fantastico. Dov'è?"

Sbatto le palpebre, girandomi verso il suo volto. "Cosa intendi?"

"È nel cloud? Su un disco rigido? In generale, di cosa avresti bisogno per continuare a lavorarci su?"

Lo fisso, sorpresa. Mi sta offrendo quello che penso? Il mio cuore accelera e un barlume di speranza si sprigiona dentro di me. "Andrebbe bene qualsiasi computer potente con il software adatto. Quello che ho scritto finora *è* nel cloud, quindi avrei bisogno dell'accesso a Internet e poi..."

"Dammi i tuoi dati di login e lo prenderò dal cloud per te."

Il barlume di speranza svanisce. Naturalmente non ha intenzione di passarmi un portatile connesso a Internet, pur incrociando le dita. Se avrò un computer, non potrò connettermi al servizio dell'America OnLine. E dargli i miei dati di login? Figuriamoci.

"Posso dire ai miei hacker di occuparsene, se preferisci" continua Alexei, indovinando con precisione i miei pensieri. Ha una luce negli occhi scuri. "Ci vorrà più tempo, ma..."

"Va bene." Inspiro. "D'accordo, te li darò." Non perché io pensi che i suoi hacker riuscirebbero a penetrare il sistema di protezione sviluppato da Konstantin per la nostra famiglia, ma perché non lo farebbero... e io voglio il mio gioco e un computer. Li voglio così tanto che le mie dita non vedono l'ora di posarsi sulla tastiera. Cosa ancora più importante, non ho nulla di particolarmente privato nel mio cloud personale, solo compiti universitari, foto, eccetera. È Valery a gestire la mia eredità e i miei investimenti, quindi non darò ad Alexei un accesso alle attività dei Molotov o cose simili.

"Bene. E dimmi quali software devono essere installati."

Lo faccio. Mi batte forte il cuore per l'emozione, ma stavolta non ha niente a che vedere con la possibilità di fuga. Fino a questo momento, non mi rendevo conto di quanto avessi bisogno di pensare a qualcosa di diverso dall'uomo accanto a me, di pensare a problemi che hanno effettivamente delle soluzioni.

"Okay" risponde Alexei e torna a sdraiarsi, chiudendo gli occhi. "Avrai tutto entro domani."

Anch'io mi sdraio, e per la prima volta da quando mi ha catturata, aspetto con ansia l'indomani.

CAPITOLO 20

ALEXEI

Io non schiaccio mai pisolini. Non ho nemmeno un sonno particolarmente profondo, perché le mie orecchie sono sempre pronte a captare qualsiasi pericolo. Eppure, in questo pomeriggio caldo e umido, mentre nuvole fitte si addensano all'orizzonte con il loro lontano odore di pioggia, chiudo gli occhi e mi appisolo con Alina al mio fianco.

Il sogno fa capolino lentamente. In un certo senso, so che è un sogno. È delicato e confuso, come se stessi entrando in un banco di nebbia. Ma poi la nebbia invade tutta la realtà, e dimentico che c'è qualcos'altro al di fuori di essa.

C'è una donna. Una donna con il pancione. È morbida e calda. Sa di vaniglia e limoni. Mi rintano più vicino al suo fianco. Stranamente, riesco a infilarmi sotto il suo braccio, anche se sono un uomo grande e grosso. E invece… non lo sono.

Sono piccolo.

Un bambino.

Questa consapevolezza dovrebbe scioccarmi, ma non succede. Mi rannicchio più vicino alla donna, ascoltando la sua voce melodiosa, con una delle mie piccole mani appoggiata sul suo pancione. *Mamma.* Quella parola emerge dalla nebbia e la accetto, così come accetto la consapevolezza che dentro quel pancione c'è la mia sorellina.

La mamma sta parlando. No, sta leggendo. Ha un libro in mano.

Sospiro, soddisfatto, ascoltando la storia, sentendo la mia sorellina che scalcia nel ventre della mamma. "Sta giocando a calcio" diceva sempre papà. Sono geloso. Voglio giocare a calcio con lei. Ruslan è troppo giovane per esserne capace in questo momento, ma forse la mia sorellina se la caverebbe meglio. Sta facendo molta pratica.

Calci. Calci. Calci.

Stanno diventando più forti.

La mamma si irrigidisce.

No, è sbagliato. Non è così che funziona.

C'è qualcosa di rosso sulle lenzuola.

No, no, no.

Le lenzuola adesso sono bagnate, inzuppate di sangue.

"Mamma?" La mia voce diventa acuta. "Mamma, stai per morire?"

Calci. Calci. Calci.

L'enorme pancione freme e sento che comincia a

rompersi. No, non si sta rompendo: viene tagliato dall'interno. La mia sorellina. Ha un coltello.

Il sangue è dappertutto e piove sulla mamma e su di me. Il mio cuore batte come le ali di un uccello intrappolato, e mi sento male. Scendo goffamente dal letto e inizio a correre, ma i miei piedi non si schiodano. Sono pietrificato sul posto, incapace di andare a cercare aiuto.

Il pancione si spacca.

La mamma urla.

"Alexei?"

Mi alzo a sedere di scatto. La nebbia evapora in un'esplosione di luce.

"Stai bene?" chiede Alina, che in posizione seduta mi fissa, preoccupata. Mi rendo conto di avere il respiro affannoso, come se avessi appena corso per dieci miglia.

Mi costringo a fare un respiro profondo ed espiro lentamente.

Un sogno. È stato soltanto un maledetto sogno. In qualche modo, sono riuscito ad addormentarmi qui fuori e ad avere un incubo.

Da bambino, ho avuto gli incubi dopo la morte della mamma. Non ricordo tutti i dettagli, ma c'era sempre qualcosa sul sangue. Sono passati anni – no, decenni – dall'ultimo incubo. Sono sempre stati così vividi?

La mia voce è rauca quando cerco di articolare le parole. "Era soltanto un sogno."

Non so se stia cercando di convincere Alina o me stesso.

Annuisce, ma non si sdraia, osservandomi invece con una curiosità che, in qualsiasi altro momento, apprezzerei. "Su cosa?" mormora.

Sangue. Un taglio cesareo non andato a buon fine. Una bambina che ha ucciso la donna a cui volevo bene.

Mi si rivolta lo stomaco e sento il sapore della bile.

Metto i piedi fuori dalla sdraio e mi alzo. "Scusa. Devo fare una cosa." La mia voce è tesa, la gola così serrata che è un miracolo se riesco a pronunciare qualche parola mentre mi allontano sulle gambe di chi sembra aver gozzovigliato per tre giorni interi.

Non so dove sto andando. Lo yacht sembra improvvisamente troppo piccolo, una prigione creata da me. Cavolo, perfino l'oceano intorno a noi è troppo piccolo per contenere le emozioni che si accumulano dentro di me. Da bambino, ho fatto del mio meglio per non pensare a mia madre e alla sua morte. Mi sono permesso di dimenticare la morbidezza del suo abbraccio per non ricordare le sue ultime grida. Non ho mai dimenticato che è morta per le complicanze del parto, naturalmente, ma il ricordo di quel giorno è svanito pian piano, fino a sembrare una storia che avevo sentito al telegiornale e non un evento che aveva devastato la mia vita. Anche gli incubi sono svaniti, e all'inizio dell'adolescenza riuscivo a parlare della morte di mia madre con la stessa spassionatezza che si addice al figlio di Boris Leonov… e a pensare alla gravidanza e al parto come tutti: senza soffermarmi molto sui rischi che comportano.

La mia gola si serra ancora di più, minacciando di

soffocarmi. Sono già vicino alla scala – stavo andando automaticamente sotto il ponte – ma inverto la rotta e vado dritto verso lo scafo, dove mi tuffo in mare, senza usare la scaletta.

Lo shock di immergermi nell'acqua fredda elimina i residui dell'incubo, e quando torno in superficie, riesco effettivamente a respirare.

So anche cosa mi tormentava e non ha niente a che fare con la caccia dei Molotov.

Quando Alina è scomparsa da Mosca, mi sono sentito tradito. Un sentimento irrazionale, poiché lei non aveva mai detto di tenere a me o di volere il nostro matrimonio, ma il suo comportamento alla raccolta fondi mi aveva dato la speranza che iniziasse a cambiare idea. La compassione sul suo viso quando aveva espresso le condoglianze per la morte di Ksenia non era finta, e nemmeno la sua fervida reazione quando ho rotto il suo imene nel guardaroba in seguito. Quella sera sembrava un nuovo inizio per noi. Dopodiché, è scomparsa.

È fuggita al primo accenno di vera intimità tra noi.

Mentre la cercavo, ho escogitato il mio piano, semplice quanto spietato: trovarla, sposarla e legarla a me con un bambino. O meglio ancora, dei bambini, al plurale. Non ho pensato a nient'altro, per esempio quello che sarebbe potuto succedere a lei nel dare alla luce dei figli. Cosa avrebbe potuto significare per la sua salute e sicurezza.

Non ho preso in considerazione nemmeno una

volta la possibilità che potesse morire di parto, come mia madre.

La bile mi sale di nuovo in gola, è acida e metallica nonostante l'acqua salata sulle mie labbra. Mi tuffo e nuoto sott'acqua con bracciate energiche e furiose, allontanandomi dalla barca, dalla terribile paura che mi ha attanagliato. Una paura che dev'essersi sedimentata nel mio subconscio per tutto questo tempo, anche quando ho architettato il mio piano per le obiezioni di Alina.

È una paura che adesso non riesco a scrollarmi di dosso.

Torno in superficie per una boccata d'aria, poi mi tuffo di nuovo e nuoto. Nuoto fino a sentire le braccia pesanti, finché la barca non è altro che un puntino all'orizzonte. Solo allora mi giro, spinto da un impulso primitivo e istintivo.

Mia moglie.

Ho bisogno di sentirla tra le mie braccia.

Subito.

CAPITOLO 21

ALINA

Libero un respiro mentre il puntino nero che è la testa di Alexei emerge dalle onde, stavolta un po' più vicino.

Sta nuotando verso la barca. Finalmente.

Non ho idea di cosa sia successo, di cosa l'abbia spinto a tuffarsi in mare in quel modo, ma non potevo dichiararmi totalmente tranquilla perché continuava a scomparire dalla mia vista, e ogni tuffo lo portava così lontano sott'acqua che doveva essere almeno parzialmente un delfino.

Sospetto che questo suo strano comportamento abbia a che fare con il pisolino. Anch'io mi sono addormentata per circa mezz'ora, cullata dal rumore rilassante delle onde e dalla brezza calda e umida sulla mia pelle. Ma il pisolino di Alexei dev'essere stato più profondo, perché era ancora addormentato quando ho aperto gli occhi. Addormentato e stranamente teso, con le sopracciglia aggrottate e la mascella serrata.

Stava avendo un incubo? Non ne ero certa, quindi l'ho guardato per un po', intrigata nonostante tutto, perché è davvero un uomo pericolosamente bello.

Solo quando il suo volto si è contratto in una smorfia e il suo respiro è diventato ansante ho pensato di chiamarlo, di svegliarlo per sicurezza.

Libero un altro respiro e la tensione tra le mie spalle si allenta mentre le potenti bracciate di Alexei lo portano sempre più vicino allo yacht. Non sono in pensiero per lui, davvero. Ho solo... Non mi piace l'idea che sia là fuori, in acque blu profonde, così lontano che riesco a malapena a vederlo. Le nuvole all'orizzonte sono sempre più scure e il vento si sta alzando, facendo spumeggiare le onde alle estremità dello yacht. Ben presto, potremmo ritrovarci nel bel mezzo di una burrasca, e sebbene Alexei sia un abile nuotatore, non è immune alle forze della natura.

Non aiuta il fatto che le onde sempre più alte mi stiano facendo venire il mal di mare. Spero non significhi che avrò un altro mal di testa. Per me, emicrania e nausea vanno spesso di pari passo.

Finalmente, Alexei raggiunge la scaletta di tribordo. Lo guardo mentre si issa fuori dall'acqua come un dio del mare, con i capelli neri all'indietro e i muscoli tatuati che scintillano, bagnati, e guizzano ad ogni movimento. Il mio cuore batte da qualche parte nella gola, e nonostante il mio stomaco sottosopra, una lingua di calore si insinua nel mio ventre.

No. Maledizione. Devo fermare tutto questo.

Faccio per allontanarmi dallo scafo e tornare alla

sdraio, ma lui è già in cima alla scaletta e i suoi occhi incrociano i miei. C'è qualcosa di selvaggio nella sua espressione, un'intensità oscura e feroce che sovrasta il desiderio carnale nel suo sguardo.

Deglutisco e mi ritraggo d'istinto. Lui mi segue, perseguitandomi perché è un predatore letale. Il mio cuore batte più velocemente, e una corrente elettrica sgattaiola sulla mia schiena. Con un respiro tremante, distolgo lo sguardo e mi giro verso le sdraio, nella speranza di spezzare questa tensione particolare allontanandomi.

È un errore. Ho fatto a malapena un paio di passi quando lui mi è addosso. Mi fa voltare con una mano bagnata sul braccio.

"Alinyonok…" C'è una sfumatura torturata nella sua voce, anche se i suoi occhi sono accesi di un fuoco oscuro. Liberato il mio braccio, mi prende il viso tra le mani e mi fissa, il petto cosparso di acqua che si alza e si abbassa a un ritmo brusco e irregolare.

Lo guardo, il mio battito cardiaco è come un ruggito nelle tempie. Non so cosa stia succedendo, ma mi spaventa. Sembra che ci sia una tempesta dentro di lui, la quale ci affogherà entrambi se non staremo attenti. Con cautela, poso le mani sui suoi polsi, sentendo la forza brutale delle sue ossa, dei suoi tendini e muscoli. Non mi sta facendo male in questo momento, ma potrebbe farlo. Molto facilmente. Come mio padre faceva del male a mia madre.

Come quando l'aveva uccisa prima che Nikolai uccidesse lui.

Credo di aver sussultato o emesso un suono, perché Alexei fa una smorfia e con un grugnito tormentato mi attira a sé, chinandosi per darmi un bacio così vorace da portarmi via tutta l'aria nei polmoni. Si prende tutto, ogni molecola di ossigeno, ogni pensiero nella mia mente, e quando mi prende in braccio e marcia verso le scale, il mio corpo è in fiamme e i ricordi oscuri lontani, le mie paure diventano di nuovo nebulose, inespresse. Tutte tranne una...

"Aspetta" boccheggio, contorcendomi tra le sue braccia mentre mi trasporta rapidamente giù per le scale e nel corridoio. "Alexei, fermati!"

Mi ignora, come sempre. E come ha dimostrato così vividamente stamattina, le mie obiezioni non sono mai state importanti per lui. Raggiunta la cabina, apre la porta con un calcio, senza curarsi del suo piede nudo, e mi conduce dentro, prima di chiuderla con un altro calcio.

"Devo vederti" dice con voce febbrile, adagiandomi sul letto. La sua voce è rauca mentre si protende verso i miei vestiti. "Cazzo, Alinyonok... Devo sentirti."

Rassegnata, chiudo gli occhi e mi giro di lato mentre mi spoglia nuda con un'efficienza spietata e un'intensità febbrile al contempo. So già come andrà a finire questa scena: mi scoperà, raggiungerò l'orgasmo, poi verrà dentro di me, spingendomi a odiare lui e me stessa.

In pochissimo tempo, sono nuda e mi accarezza la pancia e mi stringe il seno con le sue grandi mani, sfregando i pollici sui capezzoli. Il suo tocco è

frenetico, ma c'è qualcosa che non va. Qualcosa di...
clinico.

Che cavolo?

Apro gli occhi e giro la testa per guardarlo.

Indossa ancora il costume da bagno fradicio, teso da un'erezione inconfondibilmente massiccia. Tuttavia, il modo in cui guarda il mio corpo non ha niente di sessuale. Anche se mi stringe il seno, uno in ciascuna mano, non sembra interessato al piacere, il mio o il suo. È come se mi stesse esaminando, come farebbe un medico. Che c...?

Molla la presa sul seno e arretra, passandosi le dita tra i capelli bagnati, un gesto carico di estrema frustrazione. Confusa, lo guardo socchiudere gli occhi, imprecare sottovoce e uscire dalla cabina, la porta che sbatte dietro di lui.

Sul serio, che cavolo?

All'improvviso, dolorosamente consapevole della mia nudità, mi alzo a sedere e osservo i miei seni. Mi sembrano a posto, rotondi e sodi, i miei capezzoli sono rosei. Il mio ventre è piatto, anche se sono seduta con le spalle curve.

Per quanto ne so, non mi sono trasformata in un'orchessa, né mi sono spuntate delle corna al posto dei capezzoli.

D'altro canto, gli uomini sono creature instabili. Forse si è stancato di me molto in fretta. Forse la realtà non è all'altezza di qualsiasi fantasia lui abbia elaborato nel corso degli anni.

Dovrei esserne felice. Dovrei festeggiare questa

novità, invece il mio cuore si stringe in un piccolo nodo stretto e la vergogna mi risale lungo la schiena. Se mia madre fosse qui, direbbe che me lo merito per tutte le volte che non le ho dato retta, non facendo abbastanza esercizio fisico, mangiando cibo spazzatura o non depilandomi le sopracciglia. Direbbe che…

La porta si apre di nuovo e Alexei torna dentro a lunghi passi con una piccola confezione in mano.

D'istinto, afferro la coperta per coprire la mia nudità, ma lui è già vicino al letto con una luce negli occhi. Lascia cadere la confezione sulla coperta che sto stringendo, e rimango sbalordita quando vedo di cosa si tratta.

È una scatola di preservativi.

Di taglia XL, ovviamente.

Il mio sguardo saetta verso il suo. Alexei annuisce, la mascella serrata.

"D'ora in poi, lo faremo così" dichiara con voce gutturale, poi mi prende tra le sue braccia e incolla le labbra alle mie.

Con un ardente desiderio, mi consuma, e per la prima volta non mi odio quando mi sciolgo nel suo abbraccio oscuro.

CAPITOLO 22

ALINA

Il sole del mattino splende sul mio viso quando apro gli occhi e mi allungo languidamente, sentendomi come una gatta ben pasciuta. Mi fa male dappertutto – Alexei non mi ha permesso di uscire dal suo letto per tutto il pomeriggio, la sera e la notte, ad eccezione di una breve pausa per la cena – ma mi sento bene. E non solo perché ho provato una dozzina di orgasmi mentre lo yacht dondolava durante un'altra tempesta. C'è una leggerezza insolita nel mio petto, una sorta di vivacità. Sono quasi… felice.

No. 'Felice' è una parola grossa, considerando che sono stata strappata alla mia famiglia e costretta a un matrimonio che non voglio con un uomo che mi ha perseguitata per un decennio. Ma mi sento speranzosa. Perfino ottimista. Non so cosa sia successo durante quella nuotata improvvisa, ma in seguito Alexei ha usato un preservativo ogni volta che mi ha scopata. E sono state molte. Quattro? Cinque? Onestamente ho perso il conto.

Volevo chiedergli cosa è cambiato. Mentre eravamo sdraiati ieri sera, ubriachi di piacere, con i corpi sudati aggrovigliati, ne ho avuto l'occasione. Ma non ho osato sollevare l'argomento, onde evitare che qualsiasi interruttore scattato dentro di lui tornasse nella posizione di prima. Non osavo parlare affatto, così mi sono immersa tra le sue braccia, lasciandomi andare alla deriva in quel crepuscolo onirico tra il sonno e la veglia, finché non gli diventava duro per l'ennesima volta e la follia ricominciava daccapo.

Sono sola nella cabina, quindi mi prendo tutto il tempo per alzarmi. Mi sento pigra, proprio come la gatta sopracitata. E assonnata, anche se ho schiacciato una discreta quantità di pisolini tra un amplesso e l'altro. Stamattina, nemmeno il pensiero di mettere le mani su un computer mi spinge a darmi una mossa, ma alla fine mi alzo dal letto, immaginando nei dettagli il prossimo cattivo che progetterò.

Con uno sbadiglio, barcollo fino al bagno e faccio una lunga doccia calda, nella speranza di svegliarmi. Non è così. Non ho nemmeno voglia di asciugarmi i capelli o di truccarmi, ma mi costringo a farlo comunque per non sentirmi come ieri, quando pensavo che la vista del mio corpo nudo avesse spento il desiderio di Alexei. Non è stato così, ovviamente, ma una parte stupida e vana di me teme ancora che in futuro possa accadere. All'improvviso, ho la nausea all'idea di questa possibilità. Oppure... forse è soltanto nausea.

Adesso che ci penso, la mia testa è ovattata per una specie di raffreddore/influenza e sono di nuovo un po' nauseata.

Sto covando qualcosa?

Deglutisco vistosamente.

No, niente mal di gola.

Neanche naso che cola.

E non penso che stia arrivando un altro dei miei mal di testa.

Mi raggelo dalla testa ai piedi.

No. No, no, no.

Freneticamente, conto i giorni in cui sono stata qui... e libero un sospiro di sollievo.

Anche se fossi incinta, non avrei dei sintomi così presto. La prima volta che io e Alexei abbiamo fatto sesso risale a quattro giorni fa. Pur non essendo una ginecologa, sono abbastanza sicura che le donne inizino ad avvertire i sintomi molto più tardi. Settimane o mesi dopo. È troppo presto.

La mia testa inizia a pulsare, e per la prima volta in assoluto accolgo con favore questa sensazione. Magari è stata questa la causa del mio strano malessere: un imminente mal di testa. Non una gravidanza. Non può essere una gravidanza.

Adesso usiamo i preservativi, santo cielo.

Colazione. Ecco di cosa ho bisogno, anche se il mio stomaco non è d'accordo. Ho bisogno di mangiare prima che il mal di testa peggiori, poi chiederò un altro incontro con gli aghi magici di Vika.

Non sono incinta. Mi rifiuto di esserlo.

———

ALEXEI MI VIENE INCONTRO NEL CORRIDOIO PROPRIO quando esco dalla cabina. Sotto il suo braccio muscoloso e tatuato c'è un notebook grande e grosso, di quelli molto potenti.

Principio di mal di testa o no, praticamente sbavo nel vederlo.

"È per me?" chiedo senza fiato, senza distogliere lo sguardo dal premio.

"Con tutti i software e gli strumenti di cui avrai bisogno" risponde Alexei in tono divertito, e me lo consegna.

Lo prendo con impazienza. È pesante, come dovrebbe essere un computer da gaming che si rispetti. "Grazie, grazie, grazie!"

Spuntano un sorriso genuino sulle labbra di Alexei e una luce calorosa nel suo sguardo oscuro. "Non c'è di che, Alinyonok. Fammi sapere se ti serve altro."

La libertà. La restituzione degli ultimi dieci anni della mia vita. Non averti mai incontrato. Mi vengono in mente risposte sferzanti, ma le mie labbra non le pronunciano. Per una volta, non mi va di rivolgergli critiche infondate, e non per tutti gli orgasmi che il mio corpo ricorda vividamente.

Sembra che qualcosa sia cambiato tra noi. Qualcosa di ineffabile ma vitale.

"Mi andrebbe un'altra seduta con Vika" rispondo, infilando il computer sotto il braccio. "L'ultima volta mi ha aiutata molto."

Il sorriso di Alexei scompare. "Hai ancora mal di testa?"

"Un principio di mal di testa, credo."

Sembra un po' diverso questo dolore, ma non glielo dico. Né menziono le mie improvvise vertigini.

Non una gravidanza. Ti prego, fa' che non sia incinta.

"D'accordo." Si riappropria del portatile e mi guida in cabina, dove lo posa su una sedia. "Torna a letto. Farò venire Vika con la colazione e il suo kit per l'agopuntura."

Provo la tentazione di replicare – sono completamente vestita e ho usato la crema solare – ma i capogiri si stanno aggravando e agli angoli degli occhi vedo dei puntini neri. Devo sdraiarmi subito, prima di avere un altro imbarazzante episodio di svenimento.

Come se percepisse la mia urgenza, Alexei mi accompagna rapidamente a letto e mi aiuta a sdraiarmi. Chiudo gli occhi non appena appoggio la testa sul cuscino e faccio piccoli respiri poco profondi mentre la stanza gira intorno a me, peggiorando la nausea.

È come se avessi bevuto troppo, solo che non ho toccato neanche una goccia.

Alexei mi passa la mano sulla fronte. Il suo palmo calloso è fresco e asciutto, poi sento i suoi passi e il rumore di una porta che si apre e si chiude.

Rimango sdraiata senza muovere un muscolo, mentre la stanza continua a girare come se fossi appena scesa da una giostra. Cosa diavolo mi sta succedendo? Deglutisco mentre la saliva si accumula nella mia bocca, poi deglutisco di nuovo. Ma non aiuta.

Cazzo. Sto per vomitare.

Corro in bagno e raggiungo il WC giusto in tempo.

Non appena il mio stomaco è completamente vuoto, mi sento meglio. Tremante, ancora con un po' di vertigini e decisamente disgustata da me stessa, ma almeno la nausea si è attenuata. Le mie gambe sono come spaghetti al burro, tuttavia riesco a reggermi in piedi e a camminare fino al lavandino, dove mi lavo i denti due volte e faccio i gargarismi con il collutorio tre volte. Poi sistemo il viso e i capelli e torno a letto barcollando, dove mi sdraio e chiudo gli occhi. Non voglio ammettere un'evidenza che sta diventando innegabile molto in fretta.

Troppo presto per i sintomi o no, è quasi sicuro che io sia incinta.

CAPITOLO 23

ALEXEI

A lina è pallida e immobile sul letto quando torno in cabina con Vika subito dietro. Provo un'ulteriore stretta al petto. La preoccupazione è come una bestia scatenata in me. Due mal di testa in altrettanti giorni, più uno svenimento durante il nostro matrimonio: sta peggiorando? Dovrei portarla in ospedale, invece di affidarmi alla squadra di medici che il sottomarino sta portando qui dietro mio ordine? Anche con la straordinaria velocità del sottomarino, mancano ancora tre giorni. D'altro canto, siamo ad almeno quattro giorni di navigazione da qualsiasi luogo dotato di un ospedale decente, quindi questo è ancora il modo più veloce per avere assistenza medica.

Mi passa per la testa un pensiero, improbabile quanto terrificante. Lo accantono subito. Dubito di averla messa incinta così in fretta, e in ogni caso, sono passati solo un paio di giorni. Non so molto sulla riproduzione umana, ma sono certo che occorre un po' di tempo prima che una donna percepisca l'effetto degli ormoni. A meno che... Tiro fuori il cellulare mentre Vika si mette al lavoro, posizionando gli aghi sul viso e sul corpo di Alina.

Una rapida ricerca rivela che ho ragione. Secondo ogni fonte medica attendibile, i sintomi della gravidanza non si presentano così presto. Tranne... Scorro diverse conversazioni su Reddit: alcune donne giurano su Internet che sapevano di essere incinte fin dal primo giorno. C'erano dei cambiamenti nel seno, oppure iniziavano a sentirsi stanche o a provare la nausea. O avevano voglia di cibo. O avevano le vertigini. O iniziavano ad avere mal di testa...

Cazzo. Potrebbe essere incinta.

Resisto a malapena alla tentazione di scagliare il telefono contro la parete.

So che è opera mia – questo è proprio l'obiettivo che volevo raggiungere – ma solo in un primo momento. Adesso, l'idea mi fa venire voglia di tagliarmi l'uccello. Per quanto sia irrazionale, dopo quel sogno sono convinto che, se partorisse il mio bambino, morirebbe... e preferirei mille volte rischiare di perderla perché i Molotov vengono a prenderla.

"Ecco fatto" mormora Vika, distogliendo lo sguardo dal letto per guardarmi. "Tornerò tra mezz'ora con la colazione, okay?"

Annuisco brevemente: mi sto già avvicinando al letto. Mentre la porta si chiude alle spalle di Vika, mi siedo sul bordo del materasso e stringo la mano di

Alina, facendo attenzione a non spostare gli aghi nel polso e nel gomito. La sua mano è piccola nella mia, anche se le sue dita sono lunghe e sottili. Le sue unghie dalla forma ovale hanno uno smalto rosso lucido. Accarezzo il centro del palmo con il pollice, meravigliandomi della sua morbidezza e fragilità. Cosa diavolo mi è passato per la testa? Metterla incinta? Sottoporla all'esperienza più dolorosa e pericolosa che una donna possa affrontare? Cosa pensano gli uomini quando fanno una cosa del genere alle loro donne? Ho passato la mattinata a leggere tutto quello che può andare storto durante la gravidanza e il parto, e francamente mi stupisce che l'umanità esista ancora.

Per una donna, fare sesso non protetto è come mettere piede in una zona di guerra, con un rischio di perdere la vita, danni agli organi e stress post-traumatico non indifferente.

"Come stai?" mormoro quando le ciglia di Alina si risollevano, rivelando i suoi occhi simili a gemme. "C'è stato qualche miglioramento? Vuoi che prenda anche le pillole per l'emicrania?"

"Qualche, e no" risponde, chiudendo di nuovo gli occhi. "Continua a farlo."

Continuare a fare cosa? Gli aghi? Ha bisogno di altri aghi? Sto per chiamare Vika quando mi rendo conto che Alina si riferisce ai movimenti circolari del mio pollice sul suo palmo. Il battito cardiaco accelera e il calore invade il mio petto. È la prima volta che chiede il contatto fisico con me. Probabilmente non si rende nemmeno conto di averlo fatto, ma io sì, e c'è un'enorme differenza.

Mi chino e bacio con riverenza il morbido palmo della sua mano, poi continuo ad accarezzarlo come da sua richiesta. Pian piano, la tensione sul suo viso si allenta, allora riesco a respirare a pieni polmoni mentre la mia gabbia toracica si espande per il sollievo.

Ho bisogno che stia bene. Ne ho bisogno più di ogni altra cosa.

Sembra che passi solo un secondo prima che Vika torni qui con un vassoio di cibo. A quel punto, le guance di Alina hanno ripreso un po' di colorito. Mentre Vika rimuove gli aghi, spruzzo un po' di miele su una ciotola di grano saraceno e lo cospargo di frutti di bosco, come fa di solito Alina. Sul vassoio ci sono anche uova, toast e ogni piatto possibile e immaginabile a base di carne e pesce per la colazione, ma sospetto che la mia Alinyonok non voglia niente di così ambizioso.

Infatti, quando Vika se ne va, Alina arriccia il naso e dice: "Non sono sicura di riuscire a mangiare in questo momento. Non ho fame."

"Che ne dici di qualche boccone?" la persuado, sollevando alcuni cuscini dietro di lei affinché riesca a mettersi in posizione semisdraiata. "Solo un po', per stabilizzare il glucosio nel sangue."

Sospira. "Okay."

Allunga una mano verso la ciotola, ma le sto già portando alla bocca un cucchiaio di grano saraceno e frutti di bosco con miele. Esita per un istante, poi mi permette di imboccarla. Sorrido, soddisfatto a un livello primitivo mentre la guardo masticare e ingoiare il cibo che le ho dato, poi raccolgo un'altra cucchiaiata e la imbocco. Obbediente, accetta la mia offerta, e il sangue affluisce al mio uccello mentre guardo le sue labbra rosse stringere il cucchiaio.

Cazzo. Non dovrebbe essere un momento erotico.

Cerco di scacciare tutti i pensieri su dove vorrei quelle labbra carnose, ma senza molto successo. Tutto quello che fa Alina mi eccita, anche quando dorme e respira. È stato così fin dal primo momento in cui l'ho vista, e questo aspetto non fa altro che peggiorare. Non ne ho mai abbastanza di lei.

Ogni tocco, ogni bacio alimenta la mia dipendenza.

Ed è anche molto brava a mangiare una cucchiaiata dopo l'altra. Glielo dico, con voce più rauca di quanto non dovrebbe essere. Non le dispiace, a quanto pare. Anzi, ha le palpebre socchiuse mentre mi guarda da sotto le lunghe e folte ciglia, il petto che si muove a un ritmo rapido e poco profondo. Ben presto, la ciotola di grano saraceno è vuota, e mi è venuto così duro che il mio cazzo potrebbe perforare il fondo dell'oceano.

"Come va il mal di testa?" chiedo, la voce rauca per il desiderio che lei mi suscita.

Non ho intenzione di possederla di nuovo. Devo solo sapere che sta bene e...

"Meglio" sussurra. I suoi occhi sembrano profondità infinite di giada, scure, liquide e misteriose. Si protende di poco verso di me, le labbra socchiuse, e prima che io possa trattenermi, la afferro, attirandola a me, inclinando il suo viso finché le nostre bocche non si incontrano. Cerco di fermarmi, ma sento in lei il sapore del miele e dei frutti di bosco e rendo il bacio più profondo, ansioso di avere ancora quella dolcezza, di avere ancora lei.

E Alina mi dà di più. Mi cinge il collo con le braccia, attirandomi verso il basso finché non mi ritrovo sopra di lei, schiacciandola contro il materasso. Aggrappandosi forte, mi bacia, si inarca contro di me, e perdo la battaglia contro il desiderio che mi divora.

La possiedo come l'animale che sono, e l'unica cosa che ricordo di fare all'ultimo minuto è prendere un preservativo.

Non metterò mai più in pericolo la sua vita e la sua salute.

CAPITOLO 24

ALINA

Chiudo gli occhi e poso la testa sul petto di Alexei, ascoltando il battito regolare del suo cuore mentre una piacevole sonnolenza mi travolge dopo la tempesta sensoriale che mi ha appena distrutta. Il mal di testa è quasi sparito, e non mi va di muovere nemmeno un muscolo, con le dita ipnotiche di Alexei che si infilano delicatamente tra i miei capelli.

Ha usato un preservativo. Di nuovo.

Non lo capisco, ma non posso dire di non esserne felice. È una cosa stupida e potrebbe significare l'inizio della sindrome di Stoccolma perché non dovrei provare gratitudine per un uomo che mi ha rapita, costretta a sposarlo e che probabilmente mi ha già messa incinta.

Mi aspetto un'ondata di panico, ma non arriva. Forse sono le endorfine dovute al sesso o il fatto che non posso proprio farci niente se è successo il peggio, ma mi sento stranamente calma riguardo all'ipotetica gravidanza. Apatia per lo shock, forse? Non mi sembra, ma d'altro canto non posso fidarmi delle mie emozioni con Alexei. La sua semplice presenza turba la mia bussola interiore. Come una potente calamita, mette a soqquadro il mio senso di ciò che è giusto e sbagliato, buono e cattivo… amore e odio.

No. L'ultima parte no. Odio ancora Alexei Leonov. È la mia unica certezza. Cosa importa se stiamo sdraiati qui come due amanti? Non ci amiamo. Siamo stalker e vittima, carceriere e prigioniera, marito e moglie non consenziente. E il peggio è che ancora non so perché.

Perché io? Perché si è preso tutto questo disturbo per avermi?

Aprendo gli occhi, disegno il solco dei suoi addominali con un dito. "Quindi è solo per il mio aspetto? O è perché sono carina *e* una Molotov?" Non alzo la testa mentre pongo questa domanda.

Una parte di me teme di sapere già la risposta.

Ridacchia, una vibrazione lieve e profonda sotto il mio orecchio. "Non molli l'osso, vero?" Di fronte al mio silenzio, sospira. "Non è perché sei una Molotov. In realtà, questo sarebbe un punto a sfavore. Preferirei di gran lunga non avere a che fare con la tua famiglia, credimi."

Gli credo. I Leonov sono abbastanza ricchi e potenti da non aver bisogno delle nostre risorse o dei nostri contatti, motivo per cui questo fidanzamento non ha mai avuto senso per me. "Quindi… ti piace il mio aspetto."

Sposta una mano sulla mia nuca e stringe delicatamente, scacciando ogni traccia di tensione con un massaggio. "Alinyonok…" Il suo tono è ironico. "Sai che non mi mancava affatto la compagnia femminile prima di conoscerti, giusto? Alcune persone potrebbero anche considerare belle come te le donne con cui passavo il tempo."

Qualcosa di verde e melmoso si rimescola dentro di me. "Io… Sì. Lo so."

Rimane in silenzio per un momento, poi mormora: "Ricordi il giorno in cui ci siamo conosciuti?"

"Certo." Quella sera di undici anni fa è impressa nella mia memoria come se fosse ieri."

"Cos'hai pensato quando mi hai visto per la prima volta?" Alexei mi stacca da lui, posizionandomi sul fianco in modo tale che possa guardarlo. I suoi occhi brillano come diamanti neri mentre aspetta la mia risposta. "Quando ci siamo incontrati in quel corridoio, cos'hai pensato di me?"

Sarei tentata di mentire, ma a quale scopo? È difficile negare la mia attrazione per lui dopo aver appena preso fuoco tra le sue braccia. Mi schiarisco la voce, combattendo la voglia di distogliere lo sguardo dai suoi occhi penetranti. "Ho pensato che fossi pericoloso… e sexy. Ma soprattutto pericoloso."

Se la mia risposta lo coglie di sorpresa, non lo dà a vedere. La sua espressione rimane immobile mentre chiede: "Vuoi sapere cosa ho pensato io di te?"

"Fammi indovinare… Hai pensato che fossi carina."

"Bellissima" mi corregge. "E sì, ho pensato questo.

Poi hai aperto bocca." Mi ritraggo, offesa, ma lui continua: "Allora ho scoperto che eri anche intelligente e impavida." Le sue labbra formano l'ombra di un sorriso. "'Non stanno facendo penzolare *te*, piuttosto?'"

"Me lo ricordo" dico, confusa.

Quando ha saputo chi ero, ha pensato che fossi un'esca minorenne, una trappola architettata apposta per lui. E in un certo senso, lo ero, solo che non mi trovavo lì appositamente per *lui*. Ai miei genitori piaceva mettermi in mostra davanti a tutti, agghindarmi e farmi sfilare come un pony da fiera.

Alexei si puntella sul gomito. "Ne sono felice" mormora, senza staccare gli occhi dai miei. "Perché io non ho dimenticato neanche un secondo di quell'incontro. Anche prima di lasciare l'attico dei tuoi genitori quella sera, sapevo che avrei faticato a dimenticarti. Ma non sapevo quanto. Eri come una cometa che attraversava il cielo con la sua scia, così luminosa e rara da togliermi il fiato."

L'intensità del suo sguardo mi suscita un brivido lungo la schiena, anche mentre cerco di trovare un senso alle sue parole. "Immagino che l'esca abbia funzionato allora, eh?"

"Anche troppo bene" conferma. "Per settimane, non ho fatto altro che pensare a te. Poi mesi. Alla fine, sapevo che dovevo rivederti, anche solo per dimostrare a me stesso che non eri come ti immaginavo nella mia mente. Avevi solo quattordici anni, per l'amor del cielo. Non avevo motivo di pensare a te, tantomeno di volerti." Le sue labbra si contorcono in una smorfia beffarda nei confronti di se stesso. "Ho pensato che ti avessero messa in ghingheri per la festa, per darti l'aspetto dell'adulta che non eri, quindi, se ti avessi incontrata in un giorno normale, avrei visto che non eri niente di speciale e finalmente mi sarei liberato di questa ossessione. Mi sono detto che non potevi essere ipnotica come ricordavo... così intelligente e coraggiosa. Ma lo eri."

Lo fisso, il battito cardiaco irregolare. Non so cosa provare riguardo alle sue parole, perché ricordo anche il nostro incontro successivo... e le sue conseguenze. "Stai dicendo che non è stato un incidente se ti sei imbattuto in me e Dan in biblioteca? Che eri venuto lì a cercarmi?"

Alexei non sbatte nemmeno le palpebre. "Sì. Ho convinto mio padre a invitarci a casa dei tuoi genitori, e quando tua madre ha detto che stavi facendo una lezione di inglese, mi sono accomiatato per rispondere ad alcune e-mail sul portatile e sono venuto a cercarti. E ti ho trovata... *con lui.*"

Mi si stringe lo stomaco e mi giro supina per fissare il soffitto. "Quindi l'hai ucciso. Un uomo innocente che mi aveva semplicemente tolto un pelucco dalla faccia. E poi hai deciso di organizzare il nostro fidanzamento, anche se ai tempi avevo solo quattordici anni."

Lo dico ad alta voce per ricordare a me stessa e a lui che, al di là di quello che dice di me e del modo in cui mi tratta adesso, il nostro non è un corteggiamento pieno di dolcezza. Ha fatto cose terribili in nome della sua ossessione per me, e senz'altro ne farà ancora in futuro.

Il mio tutor era un uomo viscido, ma non meritava qualsiasi cosa gli sia capitata per mano di Alexei.

Alexei si sposta per chinarsi su di me. I suoi occhi sono neri come il carbone, la sua voce è bassa, addirittura in una maniera pericolosa. "Credi davvero che si sarebbe fermato a un pelucco? Ti voleva. Gliel'ho letto in faccia."

Deglutisco, fissando i suoi lineamenti minacciosi. "E anche tu mi volevi, per tua stessa ammissione. Che differenza c'è?"

"Io non ho dato seguito a questo fatto, ecco che differenza c'è." Dopo un respiro profondo, si sdraia supino accanto a me. Con voce tesa, continua: "Avrei voluto farlo. Credimi, davvero tanto. Quando ti ho vista in biblioteca quel giorno, struccata e con la tuta, dimostravi tutta la tua età, eppure ti volevo ancora. Eri sempre la ragazza più radiosa che avessi mai visto, e il pensiero che lui ti sbavasse dietro, che volesse toccarti... che qualsiasi ragazzo, qualsiasi uomo che posava gli occhi su di te ti volesse quanto me..." Il suo petto si solleva in un profondo respiro. "Non riuscivo a sopportarlo. Eri lì a rimproverarmi, così altezzosa e coraggiosa con quel piccolo mento puntato verso l'alto..." Si gira di nuovo verso di me con una luce negli occhi. "Allora mi sono reso conto che dovevo averti, che avrei fatto tutto il possibile per quell'obiettivo."

"Perché altri uomini avrebbero potuto volermi?" chiedo con incredulità, alzandomi a sedere.

Anche lui si alza a sedere. "Perché, se avessero seguito quel desiderio, avrei dovuto ucciderli."

Il suo tono è piatto, il suo sguardo deciso. È come se pensasse di aver fatto un favore al mondo rivendicandomi e risparmiando così tutte quelle vite innocenti. Però non le ha risparmiate tutte, anzi. C'è stato Josh, scomparso dopo aver ballato con me alle scuole superiori, e quel poveretto di cui non ricordo il nome, caduto da un tetto dopo avermi baciata. E Jorge a Bali, il cui scooter è precipitato da una scogliera dopo che avevamo pomiciato.

Per quanto ne so, non sono stati gli unici e c'erano altri uomini che mi guardavano, uomini che mi sorridevano, uomini che mi incrociavano per strada. Magari sono scomparsi per i loro peccati, e non saprò mai di avere anch'io le mani sporche del loro sangue.

La nausea ricompare, insieme alle pulsazioni alle tempie. Non posso credere che, solo pochi istanti fa, io abbia provato gratitudine nei suoi confronti per aver usato in ritardo un preservativo. Che volevo piacergli non solo per il mio aspetto, come se la ragione della sua ossessione letale facesse la differenza quando ha già causato tanti danni.

Mi giro e rovisto tra le coperte, finché non trovo il vestito che indossavo prima che la situazione cambiasse. Ignorando l'ardente sguardo di Alexei, lo indosso e corro in bagno, dove faccio un'altra doccia nell'inutile sforzo di cancellare il ricordo del piacere oscuro che ho provato per mano dello psicopatico che è diventato mio marito.

Quando esco, mi aspetto quasi di vederlo lì che mi aspetta, pronto a ricominciare, ma non c'è. Invece, sul letto perfettamente fatto, c'è il portatile che mi ha dato Alexei. Ha detto a Vika o a Larson di venire qui a sistemare o l'ha fatto da solo? In entrambi i casi, prendo con impazienza il computer e mi sdraio prona mentre lo apro.

È bellissimo, potente proprio come sembra e con tutti i software promessi da Alexei, così come il lavoro svolto finora per il mio gioco.

Ignorando il mal di testa e la nausea che mi tormentano, mi immergo nel gioco, e quando ho realizzato la mia idea per il prossimo personaggio cattivo, sono quasi grata ad Alexei di nuovo... anche solo per avermi dato un modo per dimenticarmi temporaneamente di lui e della realtà a cui mi ha costretta.

CAPITOLO 25

ALINA

Passano tre giorni. O almeno, credo siano tre. Potrebbero essere anche due o quattro. I giorni e le notti sono confusi perché il mio sonno è irregolare. Le esigenze sessuali di Alexei mi tengono sveglia per buona parte della notte, quindi schiaccio lunghi pisolini, e per metà del tempo, quando mi sveglio, non so bene se sia mattina o sera. Quando Alexei non mi sfianca con il sesso, sono al computer per lavorare al mio gioco. Ne sono ossessionata, completamente assorbita. Il codice e la storia che prende vita sullo schermo davanti a me mi consumano, proprio come *lui* mi consuma, anche se in un modo completamente diverso.

Inoltre, sto sempre peggio. Lo tengo nascosto ad Alexei, ma non so per quanto tempo ci riuscirò. Vomito almeno una volta al giorno e i miei mal di testa non spariscono mai del tutto, al di là della quantità di aghi di Vika. Ma la parte peggiore sono gli attacchi di vertigini, perché si presentano all'improvviso. Mentre faccio la doccia, mangio o lavoro semplicemente al computer, ho di colpo la sensazione di essere appena scesa dalla giostra più veloce del mondo. Per fortuna, finora sono sempre stata sola durante i capogiri più seri, quindi non penso che Alexei li abbia notati. O almeno, mi auguro che sia così.

Non so nemmeno perché io glieli tenga nascosti. Forse perché non voglio dargli la soddisfazione di sapere che mi ha messa incinta... anche se sembra aver cambiato idea in merito, considerando l'uso religioso dei preservativi negli ultimi giorni. O forse sono ancora in fase di negazione, nella speranza di aver semplicemente preso l'influenza, e dirglielo significherebbe scoprirlo di sicuro. Visti i suoi precedenti piani per me, deve aver nascosto una confezione di test di gravidanza da qualche parte sullo yacht, e non voglio vedere quelle linee rosa. Al momento, c'è ancora speranza. Posso ancora fingere che questa malattia sia qualcos'altro che non mi stravolgerebbe la vita. Per sicurezza, però, non ho preso le pillole per l'emicrania, né bevuto un sorso di alcol. È irrazionale, ma anche se non voglio questo bambino o bambina, non potrei perdonarmi se causassi qualche danno. Mi chiedo anche se dovrei iniziare a prendere delle vitamine. Le donne incinte ne hanno bisogno, vero? La mia dieta è sempre stata abbastanza sana, con molta frutta, verdura e cereali integrali, ma con la nausea che mi tormenta per tutto il giorno, l'appetito si è spento ultimamente e devo sforzarmi di ingoiare abbastanza cibo durante i pasti in modo che Alexei non se ne accorga. Potrei benissimo sviluppare carenze di qualche tipo, e se fossi incinta...

Maledizione. Vorrei non averci pensato. Poso il portatile sull'altra sdraio e metto una mano sul mio ventre, che sembra più piatto del solito, quasi concavo. Ho perso un po' di peso? Non farebbe bene al bambino. Forse *dovrei* dirlo ad Alexei, così mi procurerà quelle vitamine. Ma se lo facessi...?

"Come va con il gioco?"

Sobbalzo al suono della voce di Ruslan e giro la testa per sbirciare il sole splendente che illumina la sua figura alta e dalle spalle larghe. Non ho visto molto spesso il fratello di Alexei negli ultimi giorni. Non ha mangiato con noi, e poi ho lavorato al mio gioco in cabina, dove posso essere vicina al bagno nel caso avessi bisogno di vomitare. Tuttavia, la temperatura è più fresca stamattina, e speravo che l'aria fresca placasse la nausea, così ho deciso di programmare all'ombra, mentre Alexei si godeva una nuotata mattutina. Mi ha invitata a nuotare con lui, ma ho rifiutato: non volevo correre rischi con le vertigini in acqua. Inoltre, meno tempo io e Alexei passiamo insieme fuori dalla camera da letto, meglio è.

Senza i ricordi costanti della perfidia di mio marito, è troppo facile finire sotto il suo incantesimo, iniziare a credere alla sua visione del nostro futuro invece di quello che sarà sicuramente il risultato molto più probabile per noi: un matrimonio terribile come quello dei miei genitori, dove l'ossessione iniziale, mascherata da amore, si trasforma rapidamente in qualcosa di molto più oscuro e letale.

Non che Alexei mi abbia dichiarato il suo amore.

Probabilmente perché non mi ama.

"Sto facendo dei bei progressi" rispondo, recuperando il mio computer mentre Ruslan si avvicina sotto il tetto, con indosso solo un costume da bagno a pantaloncino e un paio di occhiali da aviatore con le lenti a specchio. "Non ho nient'altro da fare, quindi questo mi aiuta."

Ruslan si stravacca sulla sdraio dove avevo posato il portatile e intreccia le dita dietro la testa. Un mezzo sorriso beffardo compare sulle sue labbra quando si gira verso di me. "Perché non passi un po' di tempo con il tuo nuovo marito? In fondo, sei in luna di miele."

"Ah, davvero?" Il mio tono è sdolcinato. "Sei molto gentile a illuminarmi."

Il sorriso di Ruslan si allarga in un ghigno privo di umorismo. "Lo odi ancora, eh? Gliel'avevo detto che era una pessima idea."

"L'attacco alla proprietà di Nikolai o il matrimonio forzato?"

Il sorriso di Ruslan svanisce. Con un sospiro, si gira per guardare davanti a sé, e io apro il mio computer. Sto per dedicarmi al gioco, quando lui riprende la parola. "Lyosha ti ha mai raccontato della nostra infanzia? Dei primi anni dopo la morte di nostra madre?"

Le mie mani rimangono paralizzate sulla tastiera. Non dovrei abboccare, ma non posso farci niente.

L'esca è troppo appetitosa. "Temo di no" rispondo nel suo stesso tono colloquiale.

Ruslan si gira di nuovo verso di me, e scorgo il mio riflesso distorto nelle sue lenti a specchio. "Non conosci affatto l'uomo che hai sposato, vero?"

"L'uomo che sono stata costretta a sposare, intendi."

L'espressione di Ruslan non cambia. "Dovresti conoscerlo meglio. Indipendentemente da com'è iniziata tra voi due, passerete tutta la vita insieme."

Distolgo lo sguardo. Non voglio pensare agli anni e ai decenni che ci attendono. Ai bambini che ci legheranno, incollandomi ad Alexei finché non sarò solo una sua estensione.

Al piccolo gruppo di cellule che potrebbe già crescere dentro di me, decretando il mio destino.

Deglutisco per scacciare un improvviso attacco di nausea. Ruslan ha ragione. Dovrei conoscere meglio mio marito, anche solo per non generare un figlio con un estraneo terrificante.

Inoltre, sono curiosa da morire e il fratello di Alexei sembra disposto a parlare.

Decido di iniziare con un dettaglio piccolo e innocuo. "La tua famiglia l'ha sempre chiamato Lyosha?" chiedo, guardando Ruslan.

Alyosha è il diminutivo comune di Alexei. Nel ruolo di sua moglie, è così che lo chiamerei a casa, se riuscissi a parlargli in un modo così informale. *Lyosha* è ancora più informale. Fa venire in mente un bambino in un villaggio, che corre come un pazzo e si arrampica sugli alberi con le ginocchia sbucciate e i pantaloni troppo corti.

Era così Alexei da bambino? È difficile immaginarselo. Quando l'ho conosciuto, era già quasi un uomo… già pericoloso e magnetico.

"Nostro padre lo chiamava sempre Alexei" risponde Ruslan. "Ma la mamma lo chiamava Lyosha, e anch'io e Ksenia."

Ksenia. La mamma di Slava. La sorella che hanno perso. Provo una stretta al cuore e la nausea si aggrava. Deglutisco di nuovo e parlo rapidamente per distrarmi da questa spiacevole sensazione. "Voi tre avete sempre avuto un rapporto stretto?"

"Molto, ma insolito" risponde Ruslan. "Dopo la morte di nostra madre, Lyosha si è preso cura di noi. Anche se ha solo due anni più di me, ha assunto il ruolo di secondo genitore per me e Ksenia." Ruslan sorride, e per la prima volta c'è qualcosa di fanciullesco e di genuino nella curva delle sue labbra. "Ci dava da mangiare la zuppa di pollo ogni volta che eravamo malati, anche se c'era una tata che poteva farlo. Ci raccontava storie su nostra madre e ci mostrava delle foto. E ogni sera, quando la tata andava a dormire, salivo sul suo letto e lui leggeva per me, come faceva nostra madre. Quando Ksenia è diventata abbastanza grande, ha cominciato a salire sul letto anche lei. Ci rannicchiavamo intorno a lui mentre ci leggeva i nostri libri preferiti, e poi ci rimboccava le coperte prima di dormire. L'ha fatto fino a quando non ho compiuto dodici anni e Ksenia ne aveva nove."

Sono così affascinata che dimentico il mio stomaco a soqquadro. Cosa strana, è fin troppo facile immaginare Alexei nel ruolo di assistente... forse perché ho già visto quel lato di lui. "Perché ha smesso?" domando.

Ruslan si stringe nelle spalle e il suo sorriso svanisce. "Ho deciso che ero troppo grande per le storie della buonanotte, e Ksenia non voleva sentirsi una bambina, quindi ha dichiarato di essere troppo grande anche lei. Lyosha si comportava come se fosse sollevato, ma col senno di poi, credo che si sentisse ferito. Meglio così, però, perché non molto tempo dopo, nostro padre ci ha mandati a una scuola militare a Novosibirsk, e Ksenia è rimasta lì."

"Da sola con vostro padre?" chiedo piano.

L'espressione di Ruslan cambia. È un cambiamento sottile, che non avrei notato se non l'avessi guardato in faccia, invece noto la leggera tensione della sua mascella e l'assottigliamento delle sue labbra. "Sì" risponde in tono piatto. "Con nostro padre."

Sto morendo dalla voglia di indagare ulteriormente in quella direzione, ma percepisco che le mie domande non sarebbero ben accette. Quindi punto di nuovo all'argomento di cui Ruslan è disposto a parlare. "Tu e Alexei adesso sembrate avere un tipico rapporto tra fratelli" osservo, ripensando a tutte le volte che li ho visti interagire. "È successo quando siete cresciuti?"

"Più o meno" risponde Ruslan, e la tensione abbandona i suoi lineamenti. "La molla è stato il fatto di essere via a scuola. Quando siamo arrivati lì la prima volta, Alexei ha assunto il ruolo di mio protettore, ma io volevo dimostrare agli altri ragazzi che non avevo bisogno dell'intervento del mio fratello maggiore. Quindi, non essendo ancora un adolescente e vergognandomi facilmente, litigavo con lui e lo respingevo di continuo." Sospira e guarda dritto davanti a sé. "Per un paio d'anni, quand'ero adolescente, ci siamo rivolti la parola a malapena. Poi mi sono reso conto che stavo facendo lo stronzo e abbiamo legato di nuovo, e stavolta avevamo più o meno la stessa età, con tutto ciò che comporta." Mi lancia un'occhiata. "E tu? Dato che sei la più piccola, i tuoi fratelli hanno vegliato su di te?"

Annuisco. "Vegliano ancora su di me."

In effetti probabilmente stanno ribaltando ogni roccia e zolla di terra per trovarmi, proprio adesso, ma non glielo dico. Con tutte le loro spie e i loro hacker, i miei rapitori sanno meglio di me cosa stanno facendo i miei fratelli.

Ruslan accoglie le mie parole come l'avvertimento che sono, poiché sospira di nuovo e si toglie gli occhiali da aviatore. Puntando i suoi occhi grigi verso di me, mormora: "Alina, ascolta… So che pensi che questa situazione sia incasinata, e non ti biasimo. Il modo in cui mio fratello ti ha sposata è… insolito, a dir poco. Ma sarà un buon marito per te. E un buon padre per i tuoi figli. Credimi, lo so."

Sbuffo, soffiando dal naso, e distolgo lo sguardo. Adesso capisco i piani di Ruslan, il motivo per cui ha deciso di parlarmi e dipingere questo quadro commovente della loro infanzia. Alexei che si prende cura degli altri, Alexei il protettore... E io dovrei bermi questa favola. Ma essendo cresciuta in una famiglia come la loro, so la verità: se fosse una favola, Alexei non sarebbe il mio principe azzurro.

C'è un drago troppo forte dentro di lui.

"Fammi indovinare" dico, guardando Ruslan con le sopracciglia sollevate. "Alexei è colui che adesso veglierà su di me, giusto? Che mi proteggerà come hanno sempre fatto i miei fratelli?"

Lo sguardo di Ruslan è risoluto. "Sì. È bravo in questo."

"Bravo in cosa?"

Il mio battito cardiaco accelera al suono della voce profonda di Alexei, e mi giro per vederlo in piedi sotto il sole, a pochi metri di distanza, il corpo alto e massiccio lucente per l'acqua dopo la nuotata. Inspiro bruscamente. Anche se abbiamo fatto sesso stamattina – due volte – e la mia nausea è sempre più spiccata, il mio ventre si contrae e gli slip del mio bikini diventano umidi in una maniera imbarazzante.

"A fare l'idiota, ovviamente" risponde Ruslan, e un sorriso compare di colpo sulle sue labbra mentre inforca gli occhiali da sole. "Stavo solo intrattenendo la tua sposa con le storie della nostra illustre infanzia. Visto che l'hai abbandonata e tutto il resto..."

Alexei socchiude gli occhi. "Perché non vai a intrattenere te stesso? *Altrove*." La sua voce bassa e pericolosa lascia intendere che è di nuovo geloso di suo fratello.

Il sorriso di Ruslan si allarga. "Volentieri." Si alza in piedi con elegante grazia. "Vi lascio alle vostre faccende."

Si allontana con passo placido. Evito di guardare la sua schiena muscolosa, perché non sono minimamente interessata ma anche perché non mi va più di pungolare la gelosia di Alexei. Anche se la storia di Ruslan non mi ha fatto innamorare magicamente di suo fratello, mi pento di qualsiasi tensione aggiuntiva che io possa aver causato tra loro.

Non voglio intromettermi, nemmeno per raggiungere una sorta di dubbia vittoria in questa strana guerra tra me e Alexei. Non che sia sembrata una guerra negli ultimi due giorni. Proprio come la nausea mattutina indebolisce il mio corpo, le inesauribili attenzioni di Alexei indeboliscono la mia volontà di odiarlo. È *sempre* concentrato su di me, il che è tanto lusinghiero quanto inquietante.

Nel ruolo della più piccola di quattro figli, anche se l'unica femmina, sono abituata a passare in secondo piano. Nessun traguardo della mia infanzia è stato speciale per i miei genitori, perché l'avevano già vissuto tre volte. In pratica, tutti i risultati che raggiungevo – imparare a leggere a quattro anni, i voti alti in matematica, arrampicarmi sull'albero più alto del giardino – erano già stati raggiunti, e anche meglio, da uno dei miei fratelli. Non potevo nemmeno competere con loro nel look, perché anche i miei fratelli erano dei bei bambini grazie ai lineamenti tipici dei Molotov, e la mamma riceveva molti complimenti per loro. Solo con la pubertà la mamma ha iniziato a interessarsi di più a me, dal momento che non poteva occuparsi di abiti firmati, acconciature e trucco con i figli maschi. Ma a quel punto, ero abituata a essere lasciata sola con i miei oggetti personali: i miei giocattoli, i miei libri e soprattutto i miei videogiochi.

Con Alexei è diverso. Ho la sensazione di essere il fulcro del suo mondo. Come minimo, se bisogna credergli, sono l'unica donna che abbia voluto negli ultimi undici anni. Una parte di me lo trova ancora difficile da comprendere, ma non so perché debba mentire. Le sue azioni, per quanto terribili, parlano da sole.

Anche adesso, sta guardando in cagnesco Ruslan mentre quest'ultimo si tuffa in acqua per una nuotata.

La bocca mi si riempie di saliva per un'improvvisa ondata di nausea.

Merda.

Balzo in piedi e barcollo leggermente. Maledette vertigini. Faccio del mio meglio per nasconderle, ma non sono sicura di riuscirci. Lo sguardo di Alexei saetta verso di me, come il laser di un cecchino che punta il bersaglio, e i suoi occhi si socchiudono.

Doppia merda.

"Ho bisogno del bagno" lo informo, sforzandomi di usare un tono normale, ma perfino io riesco a percepire la tensione nella mia voce. Mi pulsa la testa e la mia pelle è ricoperta da un sudore freddo mentre vacillo verso le scale, solo per rendermi conto che non ce la farò mai. Tremando, cambio direzione e mi dirigo verso tribordo, ma non arrivo comunque a destinazione.

Le forti braccia di Alexei mi afferrano da dietro mentre inizio a cadere gattoni e vomito sul pavimento di legno, mancando i suoi piedi di pochi centimetri.

All'inizio, sto troppo male per vergognarmene. Questo è stato l'attacco peggiore finora. Il mio esofago brucia per il rigurgito acido, la mia pelle è sudaticcia dappertutto, e ho dei capogiri tali che, se non mi stesse tenendo lui, crollerei sul pavimento sporco. Ma Alexei mi sorregge, mormorando parole rassicuranti, a quanto pare ignaro della disgustosa scena di poco fa, e mentre mi fa girare e mi solleva contro il suo petto nudo, come una sposa, mi sento piccola, impotente... e accudita.

Allora provo vergogna in una calda ondata che mi travolge, ma lui sta già camminando per portarmi in cabina. Seppellisco il viso contro la sua spalla, sentendo l'umidità della sua pelle, assaggiando il sapore salino dovuto alla sua nuotata, e lacrime calde mi inondano gli occhi mentre il dolore alle tempie si intensifica.

Sono incinta.

Non ho alcun dubbio.

E adesso lo sa anche lui.

CAPITOLO 26

ALEXEI

La mia gabbia toracica sembra fatta di cemento e i miei polmoni non sono in grado di espandersi in un respiro completo mentre rimetto in piedi Alina con cautela in bagno e la sorreggo da dietro. Si sciacqua la bocca e si lava i denti, evitando il mio sguardo nello specchio per tutto il tempo.

Cazzo.

Lo sospettavo, ormai lo temevo da giorni.

Il mio piano ha avuto anche troppo successo.

L'ho messa incinta.

E sono terrorizzato.

"Perché non me l'hai detto prima?" La mia voce è tesa, sembra rabbiosa, anche se l'unica rabbia che provo è verso me stesso. Non è la prima volta che sta male, ne sono sicuro. Negli ultimi due giorni, sono tornato varie volte in cabina e l'ho trovata sul letto con la pelle pallida e verdognola proprio come adesso.

Ha vomitato più volte e non me l'ha detto. Ha sofferto e me l'ha tenuto nascosto.

Sputa il dentifricio e finalmente incrocia il mio sguardo nello specchio. Ha strisce scure di mascara sulle guance.

Strisce dovute alle lacrime.

Mi si stringe lo stomaco e la gabbia di cemento intorno ai miei polmoni diventa più stretta quando risponde con una vocina rauca: "Non volevo che lo sapessi."

Certo, ovvio. Perché doveva volerlo?

Sono stato io a farle questo.

L'ho costretta io.

E adesso potrebbe morire, proprio come mia madre.

Occorre tutta la mia forza di volontà per mantenere un'espressione neutrale e un tono piatto. "Un sottomarino verrà a prendere Ruslan tra poche ore. Trasporta un team di medici, dotati delle attrezzature mediche di una piccola clinica. Ti visiteranno, poi lo sapremo con certezza."

Sgrana gli occhi mentre parlo, e poi la vedo.

Una luce di speranza nel suo sguardo.

Probabilmente si sta chiedendo se riuscirà a convincere uno di quei medici ad aiutarla a contattare i suoi fratelli.

Normalmente, proverei una sorta di piacere oscuro a cancellare la sua speranza, ma riesco a pensare solo al fatto che è già malata. Che il bambino, per quanto piccolo, le sta già facendo del male, ed è tutta colpa mia. Quindi non le dico che i medici sono stati attentamente selezionati e controllati e che sono consapevoli delle conseguenze per loro e per le loro famiglie se i Molotov dovessero intuire la nostra posizione.

Il suo incessante desiderio di fuggire è passato in secondo piano per me adesso.

"Tieni" dico quando si è lavata la faccia, eliminando le strisce di mascara e il resto del trucco. "Lascia che ti accompagni a letto. Devi riposare."

"No, aspetta, ho bisogno di…" Si protende verso i cassetti con i trucchi, ma io la allontano delicatamente.

"Possono aspettare."

E poi, adoro il suo viso così, senza niente che nasconda la sua bellezza naturale. La sua pelle pallida possiede una lucentezza perlacea che lei di solito nasconde, e la sua bocca senza rossetto sembra morbida e vulnerabile, con l'estasiante e dolce curva del labbro superiore. Le altre donne sembrano più semplici e normali senza trucco, ma non la mia Alinyonok. Lei è eterea, angelica… e infinitamente più allettante.

Ignorando le sue proteste, la prendo in braccio e la trasporto fuori dal bagno, fino al letto, dove la adagio, le tolgo i sandali col tacco alto e stendo una coperta sopra di lei. Alina chiude gli occhi e fa piccoli respiri poco profondi, come se avesse ancora la nausea.

Cazzo. Mi chiedo se abbia anche mal di testa.

Ignorando la stretta al petto, prendo il cellulare e scrivo a Vika di venire con i suoi aghi. Poi mi siedo sul bordo del letto, estraggo delicatamente uno dei polsi sottili di mia moglie da sotto la coperta e inizio a massaggiarne la parte interna con il pollice, come piace a lei.

Rimedierò al mio errore.

Migliorerò la situazione.

Non so ancora come, ma lo farò.

CAPITOLO 27

ALINA

Dopo essermi svegliata da un pisolino, sento voci sconosciute fuori dalla porta della cabina. Maschili e femminili. Parlano un misto di russo e inglese con accenti diversi.

Il mio battito cardiaco accelera.

I medici.

Sono arrivati.

A quanto pare, sono stati portati qui da un sottomarino.

Mi alzo a sedere e noto con sollievo che la nausea e le vertigini sono scomparse. Gli aghi di Vika mi hanno aiutata, insieme a qualsiasi magia del tocco di Alexei.

In questa nostra favola contorta, lui potrebbe essere il mago malvagio piuttosto che il drago, che lentamente ma inesorabilmente mi soggioga con il suo incantesimo.

Beh, maledizione. È la mia occasione.

Salto giù dal letto e corro in bagno, dove sistemo

rapidamente il viso e mi rendo presentabile in generale. Proprio mentre esco dalla stanza, qualcuno bussa alla porta della cabina.

"Entra!" rispondo, passando le mani sul mio vestito.

Un'intera squadra di persone affolla la cabina: quattro uomini e una donna, più Alexei. La sua espressione è buia e tesa, la sua mandibola serrata in una linea dura e pericolosa.

È così in pensiero per me?

No. Mi rifiuto di prendere in considerazione questa possibilità. Qualunque cosa ci sia alla base della sua ossessione decennale nei miei confronti, dubito che assomigli all'amore genuino. Se fossi davvero malata, e non solo incinta, dubito che mi vorrebbe. Di certo, mi è stato alla larga quando non stavo bene prima.

Questo pensiero amaro mi prende in contropiede. Volevo che stesse lontano, che mi lasciasse in pace dopo la morte dei miei genitori, no? Ogni incontro con lui ha scatenato mal di testa e attacchi di depressione, quindi ero lieta che mi perseguitasse da lontano invece di farsi largo nella mia vita con la forza.

Non ce l'ho con lui per il fatto di essere stato a distanza.

Non posso.

Non avrebbe molto senso.

Alexei inizia a presentarmi i nuovi arrivati, perciò mi costringo a concentrarmi.

"...in Svizzera ed è uno dei migliori neurologi a livello europeo" dice di un uomo basso con gli occhiali, che indossa un paio di pantaloni di lino grigi e una camicia di lino bianco.

"Piacere, signora Leonov" esordisce, in inglese ma con accento francese, il neurologo svizzero, di cui mi sono persa il nome. "È una gioia conoscerla."

Gli rivolgo il mio sorriso più affascinante, anche se dentro di me faccio una smorfia per quel 'signora Leonov'. "Il piacere è tutto mio."

"E lei è la dottoressa Elizaveta Sergeyevna Bureva" prosegue Alexei, indicando con la testa l'unica donna, una bionda di mezza età che indossa un abito blu scuro a maniche corte. "Una delle migliori ginecologhe di San Pietroburgo."

Il mio cuore manca un battito alla parola 'ginecologhe'. "Piacere di conoscerla" dico, passando al russo.

Bureva annuisce educatamente e risponde in inglese con accento russo: "Piacere mio, Alina Vladimirovna."

Mentre le presentazioni continuano, scopro che gli altri due uomini – il dottor Rousseau, gastroenterologo, e il dottor Whitman, ematologo – provengono da Londra, dove ognuno ha la propria clinica. Non so proprio come Alexei sia riuscito a radunare una squadra di livello internazionale con così poco preavviso, né che tipo di sottomarino l'abbia portata qui, ma più sono meglio è, per quanto mi riguarda.

Se non altro, una di queste persone è destinata a commettere un errore che in qualche modo darà ai miei fratelli un'idea della mia posizione. Potrebbe essere qualcosa di innocuo come un appunto su di me nel cloud o un bonifico bancario su uno dei loro conti correnti da parte dei Leonov: gli hacker di Konstantin staranno esaminando la rete alla ricerca di quel genere di cose.

Immagino i miei fratelli che vengono a prendermi e provo una stretta allo stomaco quando la nausea si ripresenta, insieme a lievi pulsazioni alle tempie.

Maledizione. Non posso nemmeno divertirmi a fantasticare sulla mia fuga.

Mi sforzo di seguire la conversazione.

"…permesso, vorremmo fare un prelievo di sangue, le analisi e una risonanza magnetica totale, concentrandoci sul cervello" mi sta dicendo il neurologo.

Sbatto le palpebre. "Avete portato un macchinario per la risonanza magnetica? Non sono enormi? Non richiedono stanze speciali e quant'altro?"

"Questo prototipo specifico no" risponde. "In realtà, è un'unità mobile che richiede meno energia. Non che quest'ultima sia una preoccupazione qui." Guarda con ammirazione Alexei.

Corrugo la fronte, confusa. "Ah no?" Non siamo su una barca in mezzo all'oceano?

"È un sottomarino nucleare" spiega Alexei in tono noncurante, come se stessimo parlando della procedura per preparare una torta. "Un altro uso per i nostri reattori portatili."

Se Nikolai o Valery fossero qui, vorrebbero sapere

tutto sull'argomento. La Atomprom, una delle aziende dei Leonov, è la principale rivale dell'azienda dei miei fratelli nel campo dell'energia nucleare. D'altra parte, forse sanno già tutto e stanno lavorando a un utilizzo simile dei nostri reattori nucleari portatili. In ogni caso, ho altre cose di cui preoccuparmi al momento, come il fatto che sto avendo di nuovo le vertigini.

Sperando di nasconderle, mi siedo con la massima discrezione possibile.

A quanto pare, non è abbastanza. Lo sguardo di Alexei scatta verso di me e i suoi occhi si socchiudono. "Stai ancora male?"

Immagino che non abbia senso nasconderlo ormai. Dopotutto, i medici dovrebbero essere qui per me. "Un po'" rispondo e faccio un respiro profondo quando le pulsazioni alle tempie ricominciano. "Penso che forse sia un altro mal di testa."

I medici stanno già prendendo appunti sui loro bloc-notes.

"Può descriverci i suoi sintomi, signora Leonov?" domanda Rousseau.

Inspiro ed espiro lentamente. "Nausea, vomito, vertigini occasionali. Sono svenuta un paio di volte. Mal di testa ed emicranie, ma li ho da un'eternità, quindi..."

"Da quanto tempo?" mi interrompe il neurologo, di cui dovrei memorizzare il nome. "Quando è iniziato ogni singolo sintomo?"

"Soffro di mal di testa fin dalla tarda adolescenza. È peggiorato quando... Beh, ci sono stati dei problemi in famiglia quando avevo diciannove anni." Deglutisco, scacciando i ricordi. "La nausea e le vertigini sono diventate un problema solo dalla settimana scorsa o giù di lì."

Da quando Alexei mi ha messa incinta, vorrei aggiungere, ma non lo faccio perché tocca a loro stabilirlo. Non so perché serva un intero team di specialisti invece di una ginecologa o anche solo di un semplice test di gravidanza della farmacia.

Non è che io sia veramente malata.

"Quindi non ha mai provato vertigini o nausea in precedenza?" insiste il neurologo. "Durante le emicranie, magari?"

"Ah. Beh, sì, di solito ho la nausea durante gli attacchi particolarmente seri. E le vertigini…" Rifletto. "Sì, a volte, credo."

Gli antidolorifici che assumo mi mettono fuori gioco per la maggior parte del tempo, e senza dubbio causano le vertigini.

"Soffre di altri sintomi gastrointestinali?" chiede Rousseau, prendendo appunti. "Stomaco sottosopra, diarrea, qualcosa del genere?"

"Non proprio. Voglio dire… Forse un po' per i farmaci" ammetto.

Rousseau alza la testa di scatto. "Quali farmaci? Cosa prende?"

Sospiro e gli fornisco un elenco di tutte le pillole che mi sono state prescritte nel corso degli anni. Mentre vado avanti, noto le espressioni di disapprovazione dei medici.

"Gli antidolorifici sono gli unici ad aiutarmi veramente" commento, sulla difensiva, quando hanno finito di scarabocchiare i loro appunti. "Non ne sono dipendente, lo giuro."

Forse ho abusato delle pillole in certi momenti della mia vita, ma sono sempre stata capace di smettere.

"E fuma marijuana" aggiunge Alexei, al quale lancio un'occhiataccia mentre i medici scrivono sui bloc-notes.

"Quando ha avuto le ultime mestruazioni?" chiede Bureva, la penna pronta. "Potrebbe essere incinta?"

Finalmente, stiamo arrivando da qualche parte. "Circa tre settimane fa, e sì, la possibilità è elevata."

Lancio un'altra occhiataccia ad Alexei, ma lui non mi sta guardando. Ha gli occhi fissi sulla ginecologa, che per qualche motivo è accigliata mentre prende appunti.

"Come sono le vertigini?" chiede il neurologo. "Può descrivere come avvengono?"

Libero un sospiro di frustrazione. "Perché? Sono incinta, okay? Ecco cos'è. Ditemi di fare pipì su un bastoncino e chiudiamola qui."

Il mio tono è brusco, ma non posso farci niente. Il mal di testa sta peggiorando sempre di più e inizio a vedere quei puntini neri con la coda dell'occhio. Se non mi sdraiassi, potrei svenire, e allora non ci andrebbero a nozze?

Bureva alza lo sguardo dal bloc-notes. "Se i suoi calcoli sono corretti, è improbabile che lei soffra di nausee mattutine, Alina Vladimirovna." Il suo tono è piatto e leggermente distaccato. "Dato che non ha saltato le mestruazioni in questo ciclo, i suoi livelli di hCG non dovrebbero essere abbastanza alti da causare sintomi così forti. Ma naturalmente ci sono sempre delle eccezioni, e di sicuro faremo un test di gravidanza. Per adesso, può dirmi la durata del ciclo e se è regolare?"

Cosa dice? Se non è una gravidanza, di cosa si tratta?

Mi umetto le labbra. Mi si è seccata la bocca all'improvviso. "Circa ventotto giorni, e sì, è regolare."

"Ripeto, può descrivermi gli attacchi di vertigine?" chiede il neurologo. "Mi dispiace insistere, ma è importante. Quando ha le vertigini o sviene, vede dei lampi o dei puntini?"

Una strana sensazione di gelo invade il mio stomaco. "Dei puntini, credo."

"Niente lampi?" insiste.

"C'erano i flash della macchina fotografica. È successo durante il matrimonio. Il fratello di Alexei stava scattando delle foto e…" Alzo le spalle, impotente, e lancio un'occhiata ad Alexei.

È in piedi come una statua e mi fissa, la mascella così serrata che temo si possa rompere i denti. È arrabbiato? Turbato? Mi si stringe lo stomaco, e rivolgo la mia attenzione ai medici, che si stanno consultando a bassa voce.

"Prenderemo il resto della sua cartella clinica, signora Leonov, e poi faremo tutte le analisi" dice Rousseau.

Annuisco, deglutendo per frenare un'ondata di nausea, e mi sforzo di rispondere alle loro domande. Alla fine, Whitman mi fa un prelievo di sangue – una quantità assurda, circa quindici provette – poi Alexei mi trasporta sul ponte, ignorandomi come sempre quando gli dico che riesco a camminare. Ruslan, Larson e Vika sono là, tutti e tre in piedi accanto al parapetto a fissare qualcosa.

Si tratta del sottomarino. È vicino allo yacht e la sua sommità sporge dall'acqua come la grossa pinna di uno squalo metallico. Non so quanto sia grande sott'acqua, ma la parte visibile ha almeno le dimensioni dello yacht. Non sono sicura di cosa mi aspettassi, ma di certo non un mezzo così gigantesco. È un sottomarino militare? Sospetto di sì, e in tal caso mi chiedo da quale base militare l'abbiano preso i Leonov... o per quale base lo stiano fabbricando.

Non si sa mai dove hanno le mani in pasta i Leonov.

Mi passano per la testa mille domande, ma non ho il tempo di porle perché Alexei mi trasporta fino alla scaletta di tribordo e mi rimette in piedi davanti ad essa.

"Pensi di poter scendere?" chiede, indicando con la testa un gommone che galleggia nell'acqua. "Altrimenti, ti legherò a me e ti trasporterò io stesso sulla schiena."

"Riesco a scendere senz'altro" rispondo, infondendo tutta la sicurezza possibile nel mio tono di voce. "Sul serio, sto benissimo."

Non sembra credermi, ma dice: "Va bene. Andrò io

per primo, così posso prenderti in ogni caso. Ruslan, aiutala con i primi gradini."

Il fratello di Alexei è già accanto a me. "Subito" risponde senza neanche un briciolo del solito sarcasmo. "Ci penso io, non preoccuparti."

Alzo gli occhi al cielo e afferro la scaletta. L'ultima volta che ho controllato, la gravidanza – perché sono ancora convinta che si tratti di questo – non rende una donna invalida. Ignorando la nausea e i puntini neri che mi ballano davanti agli occhi, scendo dalla scaletta e le forti braccia di Alexei mi afferrano non appena sono alla sua portata. Poi il gommone ci porta al sottomarino, dove bisogna arrampicarsi di nuovo: stavolta, nelle profondità di quella che dev'essere un'enorme nave sottomarina.

C'è almeno un lungo corridoio, con una serie di porte su entrambi i lati, e dietro una delle porte c'è una stanza con ogni genere di attrezzatura medica. Alexei mi trasporta lì dentro… di nuovo, anche se riesco a camminare autonomamente e gliel'ho detto. Il neurologo ci segue. Immagino che sarà lui a utilizzare il macchinario portatile per la risonanza magnetica al centro della stanza. L'aggettivo 'portatile' è discutibile. Il macchinario è enorme, il che ha senso dato che devo sottopormi a uno screening totale del corpo.

Mentre mi avvicino ad esso, mi viene in mente una cosa. "Aspetti" dico, rivolgendomi al neurologo. "È sicuro per la gravidanza? Non vorrei che…" Deglutisco e distolgo lo sguardo da Alexei, che mi osserva con un'espressione singolare. "Non vorrei che nuocesse al bambino, nel caso in cui ce ne fosse uno."

E c'è. Ne sono certa.

"La risonanza magnetica non è dannosa per il feto in via di sviluppo" risponde il medico.

Inspiro profondamente. "Okay, allora. Facciamola."

Forse, quando mi sarò levata dai piedi tutte queste analisi, potrò passare di nascosto ai medici un biglietto da consegnare ai miei fratelli... oppure mi verrà in mente qualcosa di meglio durante la risonanza magnetica.

CAPITOLO 28

ALINA

Al termine della risonanza, non ho escogitato un'idea migliore. In effetti, non so nemmeno se sarò in grado di scrivere un bigliettino senza farmi notare da Alexei. Dal momento che non ho accesso a carta e penna, dovrei prendere in prestito una delle penne e dei bloc-notes dei medici e non so come farlo senza dare nell'occhio.

Naturalmente, potrei non riuscire a inventarmi qualcosa di decente a causa del tremendo mal di testa, reso infinitamente peggiore dai rumori metallici, dai *bip* e dai tonfi prodotti dal macchinario. Erano così forti che sono felice di non aver vomitato mentre ero lì dentro. Per qualche minuto verso la fine, la situazione è stata incerta. Lo è ancora, in effetti.

Devo avere una carnagione un po' verdognola quando vengo estratta dal macchinario, perché Alexei mi prende immediatamente in braccio e varchiamo la soglia di un piccolo bagno. Mi sto abituando così tanto ad essere trasportata da lui che non mi preoccupo nemmeno di obiettare. Anche le mie gambe vacillano un po', ecco tutto.

"Bureva vuole un campione di urine" afferma, rimettendomi in piedi con cautela vicino al WC, sul quale mi aspetta già un bicchierino di plastica sigillato. "Pensi di farcela o hai bisogno del mio aiuto?"

Oddio. Che qualcuno mi spari subito. "Sì, ce la faccio. Adesso, per favore, lasciami sola."

Non solo non farò pipì davanti a lui, mai, ma ho bisogno che esca di qui per poter vomitare senza morire di vergogna.

Alexei mi lancia un'occhiata di valutazione. "Sono qui fuori. Chiamami, se ti serve qualcosa, e non chiudere a chiave la porta. La abbatterò se la troverò chiusa."

In qualche modo, riesco ad alzare gli occhi al cielo. "Sì, dottor Leonov. Adesso, per favore, esci."

Se ne va e afferro il bordo del lavandino. La nausea si sta attenuando un po'. Forse non vomiterò. Per sicurezza, mi lego i capelli mentre faccio respiri lunghi e lenti, ma non mi aiutano molto. L'aria qui dentro sembra stantia, probabilmente perché siamo sott'acqua. Nonostante tutto, fornisco il campione richiesto senza vomitare, e quando mi lavo le mani, la nausea si è attenuata ulteriormente.

"È lì dentro" dico ad Alexei quando esco. "Ora, ci sono altre analisi?"

Ovviamente sì. Bureva esegue un'ecografia pelvica e addominale. Alla fine, quando Alexei mi riporta allo yacht, sono così esausta che non riesco a entusiasmarmi per il mio piano pretenzioso di passare un bigliettino ai medici di nascosto.

Chi voglio prendere in giro, comunque? Anche se avessi successo, probabilmente lo leggerebbero e lo consegnerebbero a mio marito.

Quindi, quando i medici si radunano in cabina pochi minuti dopo, non faccio alcun tentativo. Devo chiamare a raccolta tutte le mie forze per sedermi contro il fianco di Alexei, sostenuta dal suo braccio intorno a me, senza chiedere in tono implorante gli antidolorifici per l'emicrania che mi spacca la testa in due.

Fa così male che, all'inizio, non mi accorgo dell'estrema serietà sui volti dei medici. Alexei invece sì. Il suo corpo si trasforma in pietra accanto al mio, il che mi dice che qualcosa non va.

Il neurologo – di cui ho finalmente imparato il nome, dottor Kressler – sembra particolarmente cupo. "Signora Leonov" dice, le sopracciglia aggrottate e l'accento francese più marcato. "Temo di avere brutte notizie." Fa un respiro profondo. "La risonanza magnetica ha evidenziato una massa nel lobo frontale."

Lo fisso senza comprendere. "Una massa?"

"Un tumore" chiarisce. "Non posso darvi una diagnosi definitiva senza una biopsia, ma sospetto che possa essere un tipo di glioma. Forse un oligodendroglioma, un tumore al cervello che origina da cellule gliali chiamate oligodendrociti."

Un tumore al cervello. Cioè un cancro. Nel mio cervello.

Il braccio di Alexei si stringe intorno a me, e fatico a respirare. O forse non riesco a respirare perché le parole che escono dalla bocca del medico si stringono sulla mia gola come un pugno. La mia mente è vuota come in una sorta di ronzio, come se il mio cervello fosse pieno di interferenze. È colpa del tumore? No, non avrebbe senso. Un attimo fa riuscivo ancora a pensare, anche con questo tremendo mal di testa. Un tumore non può agire così velocemente... giusto?

La voce di Alexei, aspra e tesa, raggiunge le mie orecchie come da lontano. "Cosa si può fare? Potete curarlo?"

"Non c'è una cura in sé" inizia Kressler e impallidisce, probabilmente per qualsiasi cosa stia vedendo sul volto di Alexei. Si corregge in fretta: "Ma ovviamente, esiste una cura. Il trattamento dipende dalla diagnosi esatta, incluso il grado del tumore. Tutto quello che posso dirvi con certezza è che servirà un intervento chirurgico, durante il quale asporteremo la maggior quantità possibile del tumore ed eseguiremo una biopsia. Se è un tumore a crescita lenta, cioè di basso grado, potrebbe bastare questo. Ma se è anaplastico, cioè di alto grado e in rapida crescita, come sospetto considerando il suo aspetto nelle immagini, saranno necessarie anche radioterapia e chemioterapia."

Intervento chirurgico. Radioterapia. Chemioterapia.

Ogni parola raggiunge le mie orecchie come il colpo d'ascia di un boia, che mena fendenti sulle interferenze e irrompe nello shock, lasciandomi impietrita.

"La prognosi..." In qualche modo, la mia voce è perfettamente calma. "Qual è l'aspettativa di vita se è un oligo-qualcosa di alto grado? Quanto tempo mi resta?"

Kressler deglutisce vistosamente. Il suo sguardo è puntato alla mia destra, presumibilmente sul volto di Alexei. "Ogni caso è a sé, quindi non posso dirglielo con certezza. Dipende da tanti fattori: l'età del paziente, la posizione esatta del tumore, se c'è una codelezione 1p19q..."

"La sua ipotesi migliore allora" dice Alexei in tono così secco che quasi sussulto... al pari dei presenti nella stanza.

"Con un oligodendroglioma di basso grado, c'è un tasso di sopravvivenza a cinque anni del settanta per cento circa" afferma Kressler dopo un attimo di tensione. "Per un oligodendroglioma di alto grado, è attorno al trenta per cento."

Quindi ho due o una probabilità su tre di arrivare al mio trentesimo compleanno. E pensare che, fino a poche ore fa, la mia più grande preoccupazione per la salute era la carenza di vitamine prenatali.

Non so se ridere o piangere per un destino che sembra determinato a incasinarmi la vita.

"Immagino di non essere incinta allora" dico, piuttosto istupidita. Perché non lo sono, è certo. Tutti i sintomi che avevo attribuito a una gravidanza precoce sono dovuti a qualcosa di molto più maligno del bambino di Alexei.

Mi rivolgo a Kressler, ma è una voce femminile a rispondere in inglese con un accento russo.

"In realtà, Alina Vladimirovna" – il tono di Bureva è ancora freddo e distaccato, anche se il suo sguardo esprime pura compassione – "lo è. Anche se è troppo presto per rilevare l'hCG nelle urine, gli esami del sangue sono più sensibili. I suoi livelli di hCG sono ancora piuttosto bassi, ma nell'intervallo che indica una prima fase della gravidanza. Se la sua stima della data di inizio delle ultime mestruazioni è corretta, è incinta da circa tre settimane."

CAPITOLO 29

ALEXEI

Quando avevo sette anni, sono caduto nello scantinato di una vecchia baracca del luogo di ritiro estivo di mio padre, sugli Urali. Ho trascorso due notti lì dentro, con un braccio rotto e una distorsione alla caviglia, sentendo ragni e topi che strisciavano su di me, convinto di essere mangiato vivo prima che qualcuno mi trovasse.

Fino ad oggi, non ero più stato così terrorizzato.

E furioso.

"Ripeta tutto." Le mie parole sembrano il ringhio di un lupo rabbioso perfino alle mie orecchie. "La parte sul tasso di sopravvivenza."

"Signor Leonov…" La voce di Kressler trema un po'. "Comprendo il suo shock. Odio portare cattive notizie, mi creda, e poi ogni caso è a sé stante. Per esempio, l'età gioca un ruolo importante, e sua moglie è molto giovane. Inoltre, la posizione nel lobo frontale è un fattore prognostico favorevole dal punto di vista clinico. Quindi ci sono davvero…"

"Sono incinta da tre settimane?" interviene Alina in tono incredulo, fissando Bureva. Allontana il mio braccio e balza in piedi. "Com'è possibile, dato che sono qui solo da una settimana?"

È di *questo* che si preoccupa? Vorrei afferrarla e scuoterla. O meglio ancora, portarla in un posto dove tenerla al sicuro. Solo che non c'è un posto sicuro. Il pericolo è dentro di lei, nel suo corpo.

Nella sua testa.

Vorrei ululare come il lupo di cui sopra. Uccidere tutti i medici su questa barca. In realtà, no. Vorrei uccidere tutti i medici che l'hanno sempre curata senza accorgersi di questa situazione. Perché, considerando i mal di testa, dev'essere comparso da un bel po', giusto?

Ed è incinta.

Il terrore mi attanaglia di nuovo.

È malata *e* incinta.

"La durata della gravidanza si calcola dalla data delle ultime mestruazioni" risponde Bureva in un tono da professoressa che mi irrita. "Quindi, al momento dell'ovulazione, lei è considerata incinta di due settimane, e quando salta le mestruazioni sarà arrivata a circa quattro settimane."

Chi se ne frega come si calcola la durata della gravidanza? Voglio sapere cosa faranno per salvare la vita di Alina.

E del bambino.

No, non posso pensarci.

Mi alzo e mi avvicino a Kressler. "Quali sono i prossimi passi? Bisogna fare altre analisi?"

Impallidisce quando mi fermo davanti a lui, ma si riprende in fretta. "Sì, senz'altro. I macchinari che abbiamo portato qui non sono così avanzati come quelli che abbiamo in sede. Dobbiamo anche programmare l'intervento di sua moglie il prima possibile, così sapremo meglio con cosa abbiamo a che fare." Lancia un'occhiata nervosa ad Alina, prima di concentrarsi di nuovo su di me. "Sarà un intervento chirurgico al cervello con paziente sveglia, dove sua moglie sarà risvegliata dall'anestesia quando avremo aperto il cranio. Interagiremo con lei durante l'operazione, così saremo sicuri di non intaccare tessuti sani."

Apriranno il suo cranio.

E taglieranno parti del suo cervello senza anestesia.

Mi prende in giro?

Kressler arretra con prudenza. "Faremo tutto ciò che è in nostro potere per garantire che la paziente sia a suo agio durante la procedura. Il cervello è privo di recettori per il dolore, quindi non è un momento così brutto come sembra. Sarà il nostro migliore neurochirurgo a condurre l'operazione e vanta risultati eccellenti in quanto a conservazione del tessuto cerebrale sano."

Stringo forte i pugni. "Fanculo i suoi risultati. Se dovesse nuocere anche solo a un capello di…"

"E il bambino?" mi interrompe Alina, guardando

Bureva. "Chirurgia, anestesia... non faranno bene al bambino o alla bambina, giusto?"

Cazzo. Immagino che si debba pensare anche a questo.

Bureva annuisce con gravità. "Ha ragione, Alina Vladimirovna. Il trattamento che il dottor Kressler ha delineato non è compatibile con una gravidanza sana. Infatti..." Sospira. "Se avrà bisogno di chemioterapia e radioterapia, le converrebbe pensare alla crioconservazione degli ovociti, se ne ha la possibilità. Altrimenti potrebbe non essere più in grado di avere figli."

E mentre Alina barcolla dopo questa nuova batosta, metto da parte il mio terrore e il mio dolore e la stringo forte tra le mie braccia.

CAPITOLO 30

ALINA

Sono sotto shock e non sto metabolizzando gli eventi, altrimenti tutto accade in un batter d'occhio. Alexei mi riporta al sottomarino, con Ruslan che ci accompagna mentre abbaia ordini a Larson e a Vika, che rimangono sullo yacht. I medici ci seguono come uno stormo di avvoltoi dai volti cupi, e non appena il portellone si chiude sopra di noi, i motori della gigantesca nave subacquea prendono vita con un ronzio. Ho un tuffo allo stomaco percependo un movimento verso il basso.

È una strana sensazione, sapendo che stiamo scendendo nelle profondità dell'oceano mentre sono tra le braccia di Alexei, che mi trasporta lungo il corridoio. È come se fosse Poseidone che mi trascina nelle profondità. O Ade che mi porta negli inferi. In ogni caso, sono più che felice di non soffrire di claustrofobia.

In circostanze diverse, sarei affascinata da questo

mezzo di trasporto: *Ventimila leghe sotto i mari* di Jules Verne era uno dei miei libri preferiti durante l'adolescenza. Al momento, però, la mia mente non si sofferma sul prodigio dell'ingegneria che è il sottomarino, né sulle incredibili creature delle acque profonde che potrebbero nuotare intorno a noi. Invece, i miei pensieri sono nel caos e il mio cervello, apparentemente infestato da un tumore, torna ossessivamente sulle parole dei medici.

Chemioterapia, radioterapia... tasso di sopravvivenza del trenta per cento.

Incompatibile con una gravidanza sana.

Potrebbe non essere più in grado di avere figli.

Chiudo gli occhi e seppellisco il viso contro il collo di Alexei. È caldo e solido, l'unica cosa che sembra reale in un mondo che si è improvvisamente capovolto. Il suo profumo familiare – foresta invernale, oceano e cuoio – mi tiene con i piedi per terra, anche se il terrore e il panico minacciano di soffocarmi.

Arriviamo a destinazione anche troppo presto: una cabina senza finestre, arredata con un letto di buone dimensioni, sul quale Alexei mi posa delicatamente prima di sedersi sul bordo del materasso.

Sotto l'abbronzatura, la sua pelle è pallida, la sua bocca una severa incisione sul volto mentre mi stringe una mano. "Non è ancora sicuro" afferma con veemenza. "Sono tutte supposizioni, a questo punto. Hai sentito Kressler: devono fare altre analisi. Magari non è niente. Magari questi macchinari sono difettosi."

"Non ne sei convinto davvero" commento, chiudendo gli occhi.

Sono più che esausta. Non vorrei fare altro che dormire. Forse, al mio risveglio, scoprirò che è stato solo un terribile incubo. Almeno, se dormirò, non dovrò pensare alle conseguenze della mia diagnosi per me e per la piccola vita che cresce nel mio ventre.

O per Alexei, che con la sua ossessione decennale si è ritrovato una moglie anomala e in fin di vita.

No, non riesco a sopportare questi pensieri al momento.

Arrendendomi allo sfinimento, sprofondo in un sonno irrequieto.

———

NON SIAMO PIÙ SUL SOTTOMARINO QUANDO MI SVEGLIO. Non so dove siamo, ma la mia testa martella e ho la nausea, quindi, non appena apro gli occhi, vado verso una porta nella speranza di trovare un bagno. Ho fortuna – è davvero un piccolo bagno – e dopo aver vomitato l'anima, mi lavo la faccia e i denti e mi do una ripulita alla bell'e meglio senza il mio solito arsenale di trucchi. Non indosso nemmeno i miei soliti vestiti: porto solo una T-shirt nera oversize, probabilmente di Alexei, a giudicare dall'orlo poco sopra le mie ginocchia.

Immagino che rifornire adeguatamente questo posto, qualunque sia, non era una priorità per mio marito.

Sarà per il colore nero della T-shirt, ma il mio volto nel piccolo specchio sopra il lavandino è pallido e tormentato. Senza il solito eyeliner scuro e il rossetto rosso, sembro la copia sbiadita di me stessa. Non che sia importante: avrò un aspetto di gran lunga peggiore tra un po'.

Schiacciando questo pensiero prima che possa soffocarmi con un'ondata di disperazione, torno nella stanza e studio l'ambiente.

A giudicare dagli oblò rotondi con le soffici nuvole bianche sottostanti e dal rombo costante di potenti motori, ho l'impressione di essere su un aereo, o meglio, su un lussuoso jet privato con una camera da letto e un piccolo bagno privato.

Sono anche sola, cosa che non mi sorprende affatto.

La luna di miele è sicuramente finita, forse anche il matrimonio.

Il mio stomaco si serra dolorosamente e sto di nuovo male.

Basta, ordino a me stessa. Non m'importa. Se Alexei non mi vuole più, è solo un fattore positivo. Non posso essere triste per questa conseguenza della mia diagnosi. Tutto il resto, però... Poso una mano sul mio ventre.

La bambina.

Non ce la farà se andrò avanti con le cure.

Potrebbe non farcela a prescindere.

Non so perché io abbia deciso che è una femmina, ma ne sono convinta.

Ho una figlia che non arriverà alla nascita.

Ho l'impressione che un'auto abbia appena

transitato sul mio petto e mi bruciano gli occhi per le mie lacrime acide. Non volevo una bambina, ma adesso c'è e ci sono prove della sua esistenza nel mio sangue, perciò non riesco a immaginare di non averla più. Al momento si tratta solo di poche cellule che si dividono rapidamente, ma vedo già come potrebbe essere: una neonata che si dimena con il viso rosso e gli occhi scuri di Alexei... una bimba che ridacchia con le guance rotonde e una certa propensione a cacciarsi nei guai.

La vedo così vividamente che mi fa male.

Sollevo la testa di scatto a causa di un rumore.

È l'altra porta della stanza.

Si apre ed entra Alexei.

"Atterreremo a Ginevra tra poche ore" annuncia, e per la prima volta da quando lo conosco, ha la voce e l'espressione stanche, le occhiaie e il profilo netto della mandibola coperto dal segno della barba.

Non ha mai riposato per tutto questo tempo?

Provo il bisogno improvviso di mettergli una mano sulla guancia e dirgli che andrà tutto bene, che tutto si sistemerà. Invece, mentre si avvicina, mi asciugo le lacrime sotto gli occhi e mi siedo sul letto, preparandomi per quello che sta per dire.

Poiché gli aerei sono molto più facili da rintracciare rispetto alle barche, è chiaro che tenermi lontana dai miei fratelli non è più una priorità. Anzi, molto probabilmente mi restituirà alla mia famiglia prima che le cose si mettano davvero male.

Infatti, si siede sul letto, guardandomi in faccia, e dice: "Ho avvertito i tuoi fratelli degli ultimi sviluppi."

Da vicino, il suo volto è ancora più stanco, quasi smunto... e in qualche modo, ancora più magnetico. Per me è uno sforzo colossale non toccarlo o implorarlo di tenermi. Un impulso del tutto illogico, dato che ho sempre desiderato essere libera da Alexei.

"Ho anche programmato i controlli periodici e l'intervento chirurgico" continua. "Il team del dipartimento di neurochirurgia di Kressler è già in attesa, quindi andremo alla clinica subito dopo l'atterraggio."

Ad ogni sua parola, l'auto di prima sembra fare retromarcia e schiacciare ripetutamente il mio corpo. "A proposito..." Deglutisco con forza. Mi si attorcigliano le viscere per quello che sto per dire. "Non sono sicura di voler procedere con l'intervento chirurgico o con le cure. Non dopo questo." Poso una mano sulla mia pancia, come se potessi proteggere la vita minuscola e fragile che c'è dentro.

Gli occhi di Alexei si spalancano, poi si socchiudono pericolosamente. "Di che accidenti stai parlando? Farai qualunque cosa per riprenderti."

"La decisione spetta a *me*."

"Col cavolo!" Pronuncia le parole a denti stretti. "Farai l'intervento e anche le cure. Non ti lascerò morire, cazzo."

Lo guardo in cagnesco e la mia disperazione si trasforma in una rabbia amara. "Cosa ti importa? Mi consegnerai ai miei fratelli e andrai avanti con la tua vita. Sono io quella che..."

"Ai tuoi fratelli?" Le sue narici si dilatano. "Chi ha

parlato di consegnarti a loro? Sei mia moglie." Mi stringe la mano così tanto da farmi male. "Sei *mia*."

La mia risata sa di cianuro. "Sì, senz'altro. Tua, finché i capelli non inizieranno a cadermi per la chemioterapia, finché non vomiterò ogni ora, giusto? O tua finché non mi dichiareranno ufficialmente sterile?" Lui freme e io insisto sulla mia idea con un perverso senso di trionfo. "Non ci avevi pensato, vero? A meno che l'operazione non mi guarisca per miracolo – cosa che, secondo il medico, non succederà – il mio corpo verrà bombardato di radiazioni e di veleno. Anche se sopravvivrò, non sarò mai più la stessa. La mia salute, il mio aspetto, la mia capacità di avere figli… svanirà tutto. Sarò al massimo un'ombra di me stessa e farò una risonanza dopo l'altra, sempre in attesa che il cancro ritorni." Stacco la mano dalla sua presa e balzo in piedi. Con gli occhi che bruciano per le lacrime, affermo con voce strozzata: "Hai scelto la donna sbagliata da perseguitare per dieci anni, Alexei Leonov. Tanto vale ammettere il tuo errore e lasciarmi alla mia famiglia, con la quale potrò vivere il resto dei miei giorni come mi pare. Chi lo sa? Se il tumore non mi ucciderà nei prossimi nove mesi, potresti comunque ricavare un figlio da tutto questo casino."

CAPITOLO 31

ALEXEI

Alina accenna a muoversi verso la porta dopo avermi gettato in faccia quella bomba, e allora scatto. Scatto, cazzo. Le ultime diciotto ore sono state le peggiori della mia vita, eppure ho vissuto dei periodi veramente pessimi in passato. Dopo la nostra conversazione con i medici, non ho avuto il tempo di mangiare o bere. Cavolo, non ricordo nemmeno di essere andato a pisciare. Tra le ricerche sulla malattia di Alina, la preparazione dell'intervento chirurgico e il nostro arrivo in Europa dal cuore del Pacifico, sono stato quasi troppo impegnato per soffermarmi sul terrore e sulla rabbia che si rimescolavano dentro di me... e 'quasi' è la parola chiave.

Le piombo addosso prima che possa fare due passi. Afferrandole il braccio, la faccio girare verso di me. "Tu *sei* mia." È il ringhio di un animale stravolto e ferito. "Nel bene e nel male, finché morte non ci separi, ricordi? Non mi frega un cazzo se perdi tutti i capelli o se vomiti senza sosta: non ti lascerò andare. E di sicuro, non permetterò a questa cosa di prenderti. Farai l'operazione, la radioterapia, la chemioterapia e ogni trattamento disponibile, provato o sperimentale, e vivrai! Per me, se non per te stessa, hai capito? Sopravvivrai a questo, anche se dovrò rinchiuderti nella clinica e bombardarti di veleno con le mie stesse mani!"

Non so come o quando le mie mani abbiano cercato le sue spalle, ma le ho appoggiate lì e la sto scuotendo mentre Alina mi fissa, con gli occhi di giada spalancati e dolorosamente luminosi. La scuoto e poi la bacio. Il tumulto dentro di me si mischia a una violenta ondata di desiderio. Lei è tutto ciò che ho sempre voluto, e la prospettiva di perderla aggiunge un tocco folle e maniacale al mio continuo desiderio nei suoi confronti, al mio travolgente bisogno di possederla e proteggerla. Solo che non posso proteggerla, non in questo caso. Posso solo dimostrarle con il mio corpo che dico sul serio, che lei *è* mia e che non me ne andrò, nemmeno se la situazione dovesse peggiorare.

E peggiorerà, di certo. Ne so molto più di lei, perché ho passato ore a leggere dei vari tipi di gliomi, a parlare con Kressler e i suoi colleghi, a cercare un secondo, un terzo, un quarto e un quinto parere sulle risonanze fatte finora, e tutto indica che si prospetta una dura battaglia. Ma alla fine, ne uscirà vittoriosa. Farò in modo che sia così. E di certo, non le permetterò di combattere la malattia da sola. O peggio, di arrendersi.

Sento le sue lacrime mentre rendo il bacio più profondo. Il sale si mescola con il sapore di menta del suo dentifricio e con la tenera dolcezza delle sue labbra, ricordandomi di altre volte in cui l'ho fatta piangere. Ma oggi è diverso. Non è più un gioco tra noi. La posta in gioco è troppo alta e questa consapevolezza mi sprona, riempiendomi di una disperazione che incrementa il mio bisogno selvaggio.

Dopo aver staccato le labbra dalle sue, la faccio girare tra le mie braccia e affondo i denti nel tendine sporgente alla base del suo collo. Lei boccheggia e si inarca contro di me. Le sue mani si sollevano all'improvviso per afferrarmi per i capelli mentre afferro l'orlo della sua T-shirt nel mio pugno e la sollevo all'altezza della vita. Dovrei essere gentile e attento, vista la sua fragilità, ma un animale selvatico sembra aver preso il controllo dentro di me e non riesco a trattenere un ringhio gutturale mentre lecco il punto che ho appena morso. Poi la spingo sul letto e la faccio piegare sul bordo, mettendo in mostra il suo sedere pallido e deliziosamente rotondo e la fessura rosea e umida della sua vagina.

Tremo di desiderio, rabbrividisco per la fame di lei mentre abbasso la cerniera e libero il mio sesso, poi inserisco due dita nella sua apertura, tendendo la sua carne tenera e preparandola per quello che sta per succedere. È già bagnata, grazie al cielo. Il suo sesso è caldo e scivoloso, le sue pareti interne si contraggono intorno alle mie dita. In caso contrario, non so cosa farei, perché non riesco più a trattenermi. La voglio con un'intensità che distrugge ogni illusione di autocontrollo e rende vano ogni tentativo di delicatezza.

Estraggo le dita, appoggio la mia erezione dolente contro le sue pieghe e la penetro, affondando con un'unica forte spinta. Lei grida, un suono soffocato dalle coperte mentre con ciascuna mano le afferro un braccio, costringendola a inarcare la schiena e a puntare di più il sedere verso l'alto, consentendo una penetrazione più profonda. Grida di nuovo quando esco dal suo corpo e la penetro ancora.

La sua carne è morbida e vellutata, bagnata e stretta, così sexy che sono già vicino all'orgasmo. La mia visione si restringe in un tunnel mentre la possiedo. Ogni spinta mi porta più in profondità e più vicino al culmine. Le sue grida diventano più acute, miste a grugniti e gemiti femminili. La sua vagina mi stringe, contraendosi intorno a me a un ritmo inconfondibile. Cazzo, cazzo, cazzo... Getto la testa all'indietro con un ruggito mentre il suo orgasmo innesca il mio ed esplodo dentro di lei, incollando il mio inguine al suo sedere mentre l'estasi violenta esplode nel mio corpo e inonda il mio cervello di un piacere accecante.

Per pochi istanti caldi e beatamente nebulosi, dimentico tutto quello che ci ha portati qui, crogiolandomi nei respiri profondi dei miei polmoni, nell'odore del sesso e di lei, nella sensazione della sua carne bollente e umida che stringe il mio sesso, sempre più rilassato. Poi la realtà si intromette, e mi rendo conto che le mie dita stanno premendo nei suoi fianchi in una stretta sicuramente dolorosa... che l'ho scopata senza preservativo... non che questo sia importante, ormai.

È già incinta.

Ha il cancro ed è incinta.

E io l'ho presa come un animale famelico.

Digrigno i denti e costringo le mie dita ad aprirsi, liberando la sua carne soda. Le beate nebbie del piacere sessuale sono evaporate, lasciandosi dietro un nodo duro e gelido nel mio petto.

"Alinyonok..." La mia voce è rauca e instabile mentre mi protendo per farla girare con cautela in posizione supina. Voglio guardarla negli occhi, ma li ha chiusi ermeticamente. Però vedo le sue guance rigate di lacrime, e per la prima volta mi sento davvero il mostro che mi ha accusato di essere.

Le ho fatto male? Se sì, quanto?

Prima che io possa implorare perdono, Alina apre gli occhi e incrocia il mio sguardo. Le lacrime offuscano la giada scura delle sue iridi, ma è la sofferenza espressa dai suoi occhi a sciogliere quel nodo di ghiaccio nella mia gola. Le sue labbra, di un rosa lieve e puro, arrossate dai miei baci, tremano mentre sussurra: "E la bambina? Alexei..." Le si spezza la voce. "La nostra bambina? Morirà se andiamo avanti. Non nascerà mai."

Cazzo. Adesso tocca a me chiudere forte gli occhi.

La nostra bambina. Alina pensa che avremo una

femmina… e c'è una probabilità del cinquanta per cento che abbia ragione.

Ho fatto del mio meglio per non pensare alla gravidanza in termini di un figlio reale. Non ne ho nemmeno parlato con i neurochirurghi che ho consultato: a che scopo? Tutti hanno detto che prima Alina inizierà le cure, maggiori saranno le sue probabilità di sopravvivenza. Non hanno preso in considerazione il piccolo embrione che si sta formando dentro di lei. Non si può fare, non con la vita di Alina in gioco. C'è solo una direzione da prendere: interrompere la gravidanza il prima possibile e andare avanti. Solo che… lei pensa che sia una femmina.

Apro gli occhi per incrociare lo sguardo di Alina. Una grossa lacrima è appesa alle sue ciglia inferiori mentre mi fissa, e sembra che mille lame seghettate stiano facendo a pezzi il mio cuore, una dopo l'altra. Quando l'ho presa, contavo proprio su questo con freddezza: dopo il parto, avrebbe amato nostro figlio. Si sarebbe affezionata molto a lui, e quindi anche a me. Non pensavo che sarebbe successo nello stadio embrionale, ma in tal caso ne sarei stato felice.

La nostra bambina.

Quelle lame mi feriscono più rapidamente e più a fondo.

"Alinyonok…" La mia voce è carica di dolore, proprio come la sua espressione. "Non posso perderti." Le prendo il viso tra le mani e premo la fronte contro la sua. "Ho bisogno che tu combatta. E io sarò al tuo fianco. Combatteremo insieme."

Sento i suoi respiri sulla faccia. Sono rapidi e irregolari, e ogni tanto rimangono impigliati nella sua gola. Poi un brivido la scuote e un singhiozzo le sfugge di bocca mentre mi cinge il collo con le braccia e, seppellendo il viso contro la mia gola, inizia a piangere.

Piange tra le mie braccia per un'ora, e non posso fare altro che stringerla forte.

La stringerò sempre forte, succeda quel che succeda.

ANTEPRIME

La storia di Alina e Alexei continua ne *Destino incatenato*. E se vi è piaciuto *Amore in catene*, non dimenticate di lasciare una recensione.

Se vuoi ricevere notifiche sui miei libri futuri, iscriviti alla mia newsletter su www.annazaires.com/book-series/italiano/.

Ora, per favore, voltate pagina per leggere estratti da *Strapazzami* e *Le Notti Bianche*.

Estratto da Strapazzami di Anna Zaires

Rapita. Portata su un'isola privata.

Non avrei mai immaginato che potesse succedermi questo. Non avrei mai immaginato che un incontro casuale alla vigilia del mio diciottesimo compleanno avrebbe potuto cambiarmi la vita in questo modo.

Ora appartengo a lui. A Julian. A un uomo che è così spietato quanto bello—un uomo il cui tocco mi fa bruciare. Un uomo la cui tenerezza trovo più devastante della sua crudeltà.

Il mio rapitore è un enigma. Non so chi sia, né perché mi abbia presa. C'è un'oscurità in lui—un'oscurità che mi spaventa anche se mi attira.

Mi chiamo Nora Leston e questa è la mia storia.

———

Leah mi viene a prendere alle 21:00.

È vestita per andare in un locale, con jeans scuri attillati, uno scintillante top nero e stivali fino al ginocchio con tacchi alti. I suoi capelli biondi sono perfettamente lisci e dritti e le cadono sulla schiena come una cascata.

Io, invece, indosso ancora le scarpe da ginnastica. Nascondo le mie scarpe da discoteca nello zaino, che ho intenzione di lasciare nella macchina di Leah. Un maglione pesante nasconde il top sexy che indosso. Non sono truccata e i miei lunghi capelli castani sono raccolti in una coda.

Esco di casa così per evitare ogni sospetto. Dico ai miei genitori che starò con Leah a casa di un'amica. Mia mamma sorride e mi dice di divertirmi.

Ora che ho quasi diciotto anni, non ho più il coprifuoco. Beh, forse ce l'ho, ma non è di tipo formale. Basta che io torni a casa prima che i miei genitori comincino ad andare fuori di testa—o che gli dica dove sono—e andrà tutto bene.

Appena salgo nella macchina di Leah, comincio la mia trasformazione.

Mi tolgo il maglione pesante, rivelando il top aderente che ho sotto. Indosso un reggiseno push-up per massimizzare in qualche modo i miei seni di dimensioni inferiori alla media.

Le spalline del reggiseno sono sapientemente

progettate per essere seducenti, quindi non mi sento imbarazzata a mostrarle. Non ho degli stivali fighi come quelli di Leah, ma sono riuscita a cavarmela col mio più bel paio nero coi tacchi. Aggiungono circa dieci centimetri alla mia altezza. Ho bisogno di ogni centimetro, così mi metto le scarpe.

Poi, tiro fuori la mia borsetta del trucco e abbasso la visiera del parabrezza, per poter accedere allo specchio.

Degli occhi familiari mi osservano. Due grandi occhi castani e delle sopracciglia nere chiaramente definite dominano sul mio piccolo viso. Rob una volta mi ha detto che sembro esotica e me ne rendo conto. Pur essendo solo per un quarto latino-americana, la mia pelle è sempre leggermente abbronzata e le mie ciglia sono insolitamente lunghe. Ciglia finte, le chiama Leah, ma sono del tutto reali.

Non ho nessun problema con il mio aspetto, anche se spesso vorrei essere più alta. È dovuto ai miei geni messicani. Mia nonna era minuta e lo sono anch'io, anche se entrambi i miei genitori hanno un'altezza nella media. Non me ne importerebbe, ma a Jake piacciono le ragazze alte. Credo che non mi veda nemmeno nel corridoio; sono letteralmente al di sotto del livello dei suoi occhi.

Sospirando, mi metto un po' di lucidalabbra e l'ombretto. Non vado pazza per il trucco, perché sto meglio con un look sobrio.

Leah accende la radio e le ultime canzoni pop

riempiono la macchina. Sorrido e comincio a cantare insieme a Rihanna. Leah si unisce a me e ora cantiamo a squarciagola il testo di S&M.

Prima che me ne renda conto, arriviamo al locale.

Entriamo come se il posto fosse nostro. Leah rivolge al buttafuori un grande sorriso e gli mostriamo le carte d'identità. Ci lasciano entrare senza problemi.

Non siamo mai state in questo locale. Si trova in una zona più vecchia, un po' fatiscente del centro di Chicago.

"Come hai trovato questo posto?" urlo a Leah, sperando così di farmi sentire sopra la musica.

"Me ne ha parlato Ralph" urla a sua volta, mentre io alzo gli occhi.

Ralph è l'ex ragazzo di Leah. Si sono lasciati quando lui ha iniziato a comportarsi in modo strano, ma chissà perché ancora si parlano. Credo che ora si droghi o qualcosa del genere. Non ne sono sicura e Leah non me lo dice per una lealtà mal riposta nei suoi confronti. È il re del losco e il fatto che siamo qui su suo consiglio non è molto confortante.

Ma non importa. Certo, la zona fuori non è delle migliori, ma la musica è bella e la folla è un bel mix di persone.

Siamo qui per festeggiare ed è esattamente questo ciò che facciamo nell'ora successiva. Leah riesce a convincere un paio di ragazzi a offrirci dei drink. Non beviamo più di un drink ciascuna: Leah perché deve riportarci a casa. E io perché non digerisco bene l'alcol. Siamo giovani, ma non siamo stupide.

Dopo gli shottini, balliamo. I due ragazzi che ci hanno offerto i drink ballano con noi, ma gradualmente ci allontaniamo da loro. Non sono molto carini. Leah trova un gruppo di sexy ragazzi universitari e ci avviciniamo a loro. Inizia una conversazione con uno di loro e io sorrido, vedendola in azione. È brava a flirtare.

Nel frattempo, la vescica mi dice che devo far visita al bagno delle signore. Così li lascio e vado.

Sulla via del ritorno, chiedo al barista un bicchiere d'acqua. Ho sete dopo aver ballato così tanto.

Me lo porge e lo trangugio avidamente. Quando ho finito, appoggio il bicchiere e guardo su.

Dritto nei suoi penetranti occhi azzurri.

È seduto al lato opposto del bancone, a circa cinque metri di distanza. E mi fissa.

Lo fisso anch'io. Non posso farne a meno. È forse l'uomo più bello che abbia mai visto.

Ha i capelli scuri e leggermente mossi. Ha il viso duro e mascolino; ogni tratto è perfettamente simmetrico. Folte sopracciglia scure su quegli occhi sorprendentemente chiari. Una bocca che potrebbe appartenere a un angelo caduto.

Improvvisamente mi sento eccitata mentre immagino quella bocca che mi sfiora la pelle, le labbra. Se fossi incline ad arrossire, sarei rossa come un pomodoro.

Si alza e cammina verso di me, continuando a fissarmi. Cammina lentamente. Con calma. È completamente sicuro di sé. E perché non dovrebbe esserlo? È stupendo, e lui lo sa.

Mentre si avvicina, mi rendo conto che è un uomo grosso. Alto e robusto. Non so quanti anni abbia, ma credo che sia più vicino ai trenta che ai venti. Un uomo, non un ragazzo.

Si ferma accanto a me e devo ricordarmi di respirare.

"Come ti chiami?" mi chiede sottovoce. La sua voce in un certo senso sovrasta la musica e i suoi toni più profondi si sentono anche in questo ambiente rumoroso.

"Nora" dico lentamente, guardandolo. Ne sono assolutamente affascinata e sono abbastanza certa che lo sappia.

Sorride. Le sue labbra sensuali si separano, mostrando dei denti bianchissimi. "Nora. Mi piace."

Non si presenta, così raccolgo il coraggio e gli chiedo: "Come ti chiami?"

"Puoi chiamarmi Julian" dice e osservo le sue labbra muoversi. Non sono mai stata così affascinata dalla bocca di un uomo prima d'ora.

"Quanti anni hai, Nora?" chiede poi.

Sbatto le palpebre. "Ventuno."

La sua espressione si rabbuia. "Non mentirmi."

"Quasi diciotto" ammetto a malincuore. Spero che non lo dica al barista e che non mi sbattano fuori da qui.

Annuisce, come se avessi confermato i suoi sospetti.

E poi alza la mano e mi tocca il viso. Leggermente, delicatamente. Mi sfiora il labbro inferiore con il pollice, come se fosse curioso di conoscerne la consistenza.

Sono talmente scioccata che rimango impalata. Nessuno l'ha mai fatto prima, nessuno mi ha mai toccata con tale disinvoltura, in modo così possessivo. Sento caldo e freddo allo stesso tempo e un brivido di paura mi attraversa la schiena. Non vi è alcuna esitazione nelle sue azioni. Non mi chiede il permesso, non si ferma per vedere se sono disposta a farmi toccare.

Semplicemente mi tocca. Come se avesse il diritto di farlo. Come se gli appartenessi.

Faccio un respiro incerto e indietreggio. "Devo andare" sussurro e annuisce di nuovo, guardandomi con un'espressione imperscrutabile sul suo bel viso.

Capisco che mi sta lasciando andare e gliene sono pateticamente grata, perché qualcosa nel mio profondo sente che avrebbe potuto facilmente andare oltre, che non si comporta secondo le normali regole.

Che probabilmente è la creatura più pericolosa che io abbia mai incontrato.

Mi giro e mi faccio strada tra la folla. Mi tremano le mani e il cuore mi batte forte in gola.

Ho bisogno di andarmene, così afferro Leah e mi faccio accompagnare a casa con l'auto.

Mentre usciamo dal club, mi guardo dietro e lo rivedo. Mi sta ancora fissando.

C'è una promessa oscura nel suo sguardo, qualcosa che mi fa rabbrividire.

———

Volete continuare a leggerlo? Visitate www.annazaires.com/book-series/italiano/ per ordinare subito la vostra copia!

Estratto da Le Notti Bianche di Anna Zaires e Charmaine Pauls

Potere. Ecco che cosa mi viene in mente non appena lo vedo nel pronto soccorso. Potere e pericolo.

Alex Volkov, uno dei più ricchi oligarchi russi, è tanto spietato quanto magnetico. Ottiene sempre quello che vuole, e quello che vuole sono io, nel suo letto.

Sa dare quel genere di guai da cui ogni donna dovrebbe fuggire, e il proiettile che la sua guardia del corpo ha intercettato per lui ne è la prova.

Dovrei starne lontana, ma per una notte, cedo alla tentazione. In men che non si dica, mi attira sempre più in profondità nel suo mondo, pieno di eccessi e violenza, invadendo non solo la mia vita ma anche il mio cuore.

Quanta fiducia posso riporre in un uomo così pericoloso? Fino a che punto oso rischiare per il suo amore?

———

Allontanandomi dal lavello, do uno sguardo all'indietro, verso il punto in cui si trovava l'uomo ferito... e incrocio un paio d'inflessibili occhi azzurri, intenti a fissarmi.

È uno degli uomini che si trovavano vicino alla vittima, probabilmente un parente. I visitatori non sono generalmente ammessi in ospedale, di notte, ma il pronto soccorso è un'eccezione.

Invece di distogliere lo sguardo, come la maggior parte delle persone sorprese a fissare, l'uomo continua a studiarmi.

Incuriosita e leggermente infastidita, faccio altrettanto.

È alto, ben oltre il metro e ottanta, e con le spalle larghe. Non è bello nel senso tradizionale, sarebbe un termine troppo debole per descriverlo, ma è magnetico.

Potere. Ecco che cosa mi viene in mente, nell'osservarlo. Si legge nell'arrogante inclinazione della testa, nel modo in cui mi guarda con tanta calma, assolutamente sicuro di sé e della propria capacità di controllare tutto ciò che lo circonda. Non so chi sia, né che cosa faccia, ma dubito si tratti di un impiegatuccio di qualche ufficio. È un uomo abituato a dare ordini e farsi obbedire.

I vestiti si adattano bene al suo corpo, e hanno un'aria costosa. Forse, sono addirittura fatti su misura. Indossa un impermeabile grigio, pantaloni grigio scuro a righine leggere, e un paio di scarpe nere di pelle italiana. I suoi capelli castano scuro sono tagliati corti, quasi in stile militare. Un taglio semplice che si adatta al suo viso, rivelando lineamenti duri e simmetrici. Ha alti zigomi e un naso affilato con una gobba appena accennata, come se un tempo se lo fosse rotto.

Non so proprio quanti anni abbia. Il suo volto è privo di rughe, ma non esprime alcunché di fanciullesco. Niente morbidezza, nemmeno nella piega della bocca. Ipotizzo che abbia da poco superato la trentina, ma potrebbe facilmente avere venticinque o quarant'anni.

Non si agita, né appare a disagio durante la nostra prolungata gara di sguardi. Se ne sta semplicemente lì in silenzio, completamente immobile, con gli occhi azzurri rivolti verso di me.

Con sgomento, il mio battito cardiaco accelera il ritmo, mentre un brivido caldo mi corre lungo la spina dorsale. È come se la temperatura nella stanza sia aumentata di colpo di dieci gradi. All'improvviso, l'atmosfera diventa intensamente sessuale, rendendomi consapevole della mia natura di donna, in un modo che non avevo mai sperimentato. Percepisco il tessuto setoso del mio completo intimo sfiorarmi tra le gambe e contro i seni. Tutto il mio corpo sembra accaldato e più sensibile. I miei capezzoli s'inturgidiscono sotto gli strati di vestiti.

Porca puttana. E così, è questo che si prova, ad essere attratte da qualcuno. Non è qualcosa di razionale o logico. Non c'è alcuna connessione tra menti e cuori coinvolti. No, è un bisogno primario e primitivo. Il mio corpo ha percepito il suo in un certo senso animalesco, e desidera l'accoppiamento.

Anche lui lo percepisce. Si capisce dal modo in cui i suoi occhi azzurri si oscurano, con le palpebre parzialmente socchiuse, e le sue narici vibrano, come se cercasse di catturare il mio profumo. Le sue dita si contraggono, prima di stringere i pugni, e in qualche modo, so che sta cercando di dominarsi, per evitare di arrivare a me, qui e subito.

Se fossimo soli, non ho dubbi, mi sarebbe già piombato addosso.

Sempre fissando lo sconosciuto, indietreggio. La forza della mia reazione di fronte a lui è spaventosa, inquietante. Siamo nel bel mezzo del pronto soccorso, circondati da persone, e non riesco a pensare ad altro che al sesso bollente, in grado di attorcigliare le lenzuola. Non ho idea di chi sia, se sposato o single. Per quanto ne sappia, potrebbe essere un criminale o un bastardo. *O uno stronzo infedele come Tony.* Se c'è qualcuno che mi ha insegnato a pensarci due volte, prima di fidarmi di un uomo, è il mio ex fidanzato. Non voglio legarmi ad una persona così presto, dopo l'ultima disastrosa relazione. Non voglio di nuovo quel genere di complicazione nella mia vita.

L'alto sconosciuto, chiaramente, non la pensa come me.

Di fronte alla mia prudente ritirata, socchiude gli occhi, il suo sguardo diventa più tagliente, più concentrato. Poi viene verso di me, e il suo passo è aggraziato per un uomo così imponente. Le sue lente movenze ricordano quelle di una pantera, e per un istante, mi sento come un topo inseguito da un grosso gatto. Faccio istintivamente un altro passo indietro, e la sua bocca severa si serra con disappunto.

Maledizione, mi sto comportando da codarda.

Smetto di allontanarmi e tengo la posizione, raddrizzandomi in tutto il mio metro e settanta di altezza. Io, che sono sempre quella calma e capace, in grado di gestire con facilità situazioni molto stressanti, mi sto comportando come una scolaretta di fronte alla prima cotta. Sì, quest'uomo mi mette a disagio, ma non c'è alcunché da temere. Qual è la cosa peggiore che potrebbe fare? Chiedermi di uscire?

Tuttavia, mentre si avvicina, fermandosi a meno di mezzo metro di distanza, mi tremano leggermente le mani. Così vicino, è ancora più alto di quanto pensassi, supera di diversi centimetri il metro e ottanta, e pur non essendo bassa di statura, mi sento minuscola di fronte a lui. Una sensazione che non mi piace.

"Sei molto brava nel tuo lavoro." Ha una voce profonda e un po' rauca, con un lieve accento dell'Europa orientale. Mi basta ascoltarla, per sentire il ventre rabbrividire in un modo stranamente piacevole.

"Grazie" rispondo con una punta d'incertezza. *Sono* brava nel mio lavoro, ma non mi aspettavo un complimento da questo sconosciuto.

"Ti sei occupata bene di Igor. Grazie per averlo fatto."

Igor dev'essere il paziente a cui hanno sparato. È un nome dall'aria straniera. Russo, forse? Questo spiegherebbe l'accento dello sconosciuto. Anche se parla inglese fluentemente, non è un madrelingua.

"Certo." Vado fiera della fermezza del mio tono. Spero che l'uomo non si accorga dell'effetto che sortisce su di me. "Spero si riprenda in fretta. È un parente?"

"La mia guardia del corpo."

Accidenti. Avevo ragione. Quest'uomo è un pezzo grosso. Significa...

"Gli hanno sparato, mentre era in servizio?" chiedo, trattenendo il respiro.

"Ha intercettato un proiettile indirizzato a me, sì." Nonostante il tono pratico, percepisco una rabbia repressa in quelle parole.

Deglutisco a fatica. "Hai già parlato con la polizia?"

"Ho rilasciato una breve dichiarazione. Parlerò con loro dei dettagli, quando Igor si sarà stabilizzato e riprenderà conoscenza."

Annuisco, senza sapere come replicare. L'uomo davanti a me è stato quasi assassinato, oggi. Chi è? Un boss mafioso? Un personaggio politico?

Se nutrivo dei dubbi su quanto fosse saggio analizzare la strana attrazione tra noi, sono evaporati. Questo sconosciuto porta brutte notizie, e devo stare lontana da lui il più possibile.

"Auguro alla tua guardia del corpo una pronta guarigione" dico con finta allegria nella voce. "Salvo complicazioni, dovrebbe stare bene."

"Grazie a te."

Gli rivolgo un mezzo sorriso, e muovo un passo lateralmente, nella speranza di aggirare quest'uomo e andare dal prossimo paziente.

Cambia posizione, bloccandomi la strada. "Sono Alex Volkov" afferma in tono sommesso. "E tu?"

Il mio battito accelera. L'intenzione maschile di quella domanda mi rende nervosa. Sperando che capisca l'antifona, rispondo: "Solo un'infermiera che lavora qui."

Non afferra il senso, o finge di non farlo. "Come ti chiami?"

Di sicuro, è ostinato. Inspiro profondamente. "Sono Katherine Morrell. Se vuoi scusarmi..."

"Katherine" ripete, e il suo accento conferisce a quelle sillabe familiari una sfumatura esotica. La sua bocca severa si ammorbidisce un po'. "Katerina. È un bel nome."

"Grazie. Davvero, devo andare."

Sono sempre più ansiosa di allontanarmi. È troppo imponente, troppo potentemente mascolino. Ho bisogno di spazio, di un ambiente in cui respirare. La sua vicinanza è opprimente, mi rende nervosa e irrequieta, mi spinge a desiderare qualcosa che, lo so, sarà un male per me.

"Hai del lavoro da sbrigare. Capisco" dice con un'espressione vagamente divertita.

Eppure, non si sposta dalla mia traiettoria. Anzi, mentre osservo in preda allo shock, solleva una grande mano e mi sfiora la guancia con le nocche.

Resto paralizzata, mentre un'ondata di calore mi attraversa il corpo come una saetta. Il suo tocco è leggero, ma è come se mi marchiasse, scuotendomi fino al midollo.

"Mi piacerebbe rivederti, Katerina" mormora, lasciando cadere la mano. "Quando finisce il tuo turno, stasera?"

Lo fisso. Sento che sto perdendo il controllo della situazione. "Non credo sia una buona idea."

"Perché no?" Socchiude gli occhi azzurri. "Sei sposata?"

Sono tentata di mentire, ma prevale la sincerità. "No, ma in questo momento, non m'interessano le relazioni."

"Chi ha parlato di una relazione?"

Sbatto le palpebre. Credevo...

Alza la mano di nuovo, interrompendo il mio pensiero, e stavolta, mi raccoglie una ciocca di capelli per sfregarla tra le dita.

"Io non sto con nessuno, Katerina" mormora, e la sua voce dall'accento palese è stranamente ipnotizzante. "Ma vorrei portarti a letto. E penso che piacerebbe anche a te."

———

Volete continuare a leggerlo? Visitate www.annazaires.com/book-series/italiano/ per ordinare subito la vostra copia!

BIOGRAFIA DELL'AUTRICE

Anna Zaires è un'autrice bestseller di sci-fi romance, romance contemporaneo erotico e dark del *New York Times, USA Today*. È appassionata di libri dall'età di cinque anni, quando sua nonna le insegnò a leggere. Da allora, vive sempre parzialmente in un mondo di fantasia, in cui gli unici limiti sono quelli della sua immaginazione. Al momento risiede in Florida. Anna è felicemente sposata con Dima Zales (un autore fantasy e di science fiction) e collabora strettamente con lui in tutti i suoi lavori.

Per saperne di più, visitate il sito www.annazaires.com/book-series/italiano/.

www.ingramcontent.com/pod-product-compliance
Lightning Source LLC
Chambersburg PA
CBHW011511100726

47899CB00010BD/3317